心路：

XINLU

向着阳光出发

心路：

XINLU

向着阳光出发

[澳]郭志宏 著

民族出版社

（卷首语）

献给生命的礼物

《走过冬季》之后，几次拿起笔又几次放下。在澳大利亚打拼十多年，生意场上“枪林弹雨”，现实生活“悲欢离合”，唯一让我无法释怀的是内心的激情，头脑里的信念。为了鲜花的绽放还有人欣赏，我愿做一颗种子深埋于土壤，我坚信，总有一天它会破土而出。

曾经问过生活在莫尔本的叔叔，他说：“写吧，那是你的梦，我会成为你忠实的读者。”于是，有了今天的《随心而动(Move With Your Heart)》系列丛书。这是我献给生命的礼物！

我说《随心而动》系列丛书

片刻安闲，总被尘嚣打断，凡事种种，常有无奈之叹。

近闻友欲著《随心而动》系列丛书。阅几散篇，初听苦涩，再思临羡，深想惆然。

概随心而动者，乃人生之本源。翻云覆雨，星移斗转，自然无心，随遇而安；北雁南飞，鱼翔浅滩，动物无魂，随机应变；唯人之多情、多知、多感，俗物身缠，荣辱常变，心属不一，随波逐澜。由此而言，随心而动者，更是人生锤炼。忘却俗事烦扰，放下执着之念，留下曾经纯真，回归本性自然。逆境中不忘本心，顺境时本心延展，身在天涯心在岸，与佛无缘可问禅。且看且近，渐行渐远，如梦如幻，自编自演。

如是，随心而动者，此生何憾。

庐山远眺

18/10/2015

前言

志宏的书稿摆在面前，这是她的《心路》系列的第二部。我受邀为她的作品写点文字，但我自知感悟和思考都不能达到期望的水平，颇感手潮，心绪不宁，笔下无神。我于是放下笔，侧身向北望去。窗外不远处，北京中心商务区（CBD）风光尽收眼底。它从老旧的街区，到今天到处耸立着直冲蓝天的摩天大楼，发展之快，变化之大，令人惊叹。同样，这些年来，志宏的世界也经历了很多变化，更充满挑战和个性色彩。细细想来犹如一部精彩纷呈的电视剧，让人感慨万千。这是一个变革的时代，也是彰显个性的时代，而志宏又恰恰是一位个性十足的女性，正好与这样的环境相得益彰。

北京一别已是多年以前的事情了。如今她已旅居海外十几年，从做法官到做实业，始终如一，激情不减，脚步不停，笔耕不辍。出版了《走过冬季》散文诗集、《心路：一个女法官的手记》。她的作品，充满了真情实感，勃勃生机，质朴中蕴含着强大的生命力和感染力。她以独特的视角，温婉的笔触，朴实的语言，理性地审视人生和生命，把沧桑融入多情的文字，将岁月汇入浪漫的诗行。读着读着，你会慢慢发现，原来生命如此美好，世界充满真爱。

生活在海外的她和许多华裔作家一样，他们从不同文明的视角，融合多种文化元素，进行了创造性的文化融合，应该说他们的作品是世界新文化进程的一部分。从历史上看，文化总是跟着经济走，经济势力伸展到哪里，文化就会在哪里生根开花结果，而且必然带着原始地的底色。我们这个时代的文化大融合，正是当前方兴未艾的经济全球化带来的必然趋势。环境的改变，生活也随之改变，思维方式和观察事物的视角也会发生相应的变化。核心要义是，人类在有意无意间打破了传统的模式，在全球范围内生活并发展，同时根据新的生活体验，找到对生活的新感觉，对生命的新感悟，并自由地表达出来。这反映了人类的共同追求：热爱生活，珍惜生命，尊重自然。他们用充满激情的文字，记录事实，抒发情怀，追求世界的和平与繁荣，展示了人类文明的多样性与相通性，表现了作者对美好事物的追求和向往。

当下，人类面临着前所未有的变化和进步。日新月异的技术，使生产力获得极大的发展，进而导致物质极大丰富。而精神层面的提高与进步，也刻不容缓地摆在了人们面前并令人陷入思考和困惑之中。什么是人类的发展方向，什么是个体生命的存在意义？《心路：向着阳光出发》，通过一个个真实的故事，记述了人类精神世界在现实生活中的表现。在物质高度发达，精神高度自由的今天，自律显得尤为重要。哪里都有阳光，哪里都有黑暗。

一个人从降临到这个世界时起，就开始了对人生的选择。没有人有权利和能力为你安排好人生的每一步。路在自己脚下，怎么走、走什么路？是走向阳光还是步入黑暗，全凭个人的执念。澳大利亚是一个美好而自由的国度，但并不是每个人都懂得去选择并珍惜美好。

如果你有兴趣，就请跟随作者去领略一下阳光下的秘密。

张杰

2017年3月6日

序

写给《心路：向着阳光出发》

澳大利亚是个美丽得无与伦比的国家，灿烂明媚的阳光、清新透明的空气、温馨妩媚的沙滩、整洁有序的环境、善良淳朴的人民、严格规范的法制、衣食无忧的福利、自由自在的天空……，你能想到的美好的东西，它应有尽有！我喜欢这块土地，无论是精神抑或是物质，一切冷暖适宜。

也许，这块土地还有一些原始，城市还不够霓虹，生活在这块土地上的人们略微有一些呆板，生活的内容略微有一些单调，生活的节奏略微有一些缓慢。但是，这种原生态也许就是她得天独厚的魅力，别具一格的风采。也许，这就是我们无怨无悔地爱上她的理由。海水是天然的，岩石是裸露的，动物是友善的，空气是净化的。

登上这块土地的最初，是因为野心，因为一份想征服世界的莫名的欲望，而留在这块土地上并且深深地爱上她的理由，却是基于人性对美好的最原始的本能。

澳大利亚的美，让人无法抗拒。自然环境的美，让人垂涎欲滴，人文环境的美让人流连忘返。这里的人民把澳大利亚这个国家视为自己的小家，爱她、支持她、关心她、保护她当仁不让。这里的人民都把自己视为澳大利亚这个国家的主人，无论你是谁，如果你不能很好地服务于国家和人民，那就运用手中的权力毫不留情地请你下来。

这里是轻松的，不需要攀比、不需要炫富、不需要趾高气扬、不需要低声下气，你有充分的权利和资格按照自己的喜好去生活，完全不用在乎别人的想法与看法。这里是自由的，只要不触犯法律，随便你说什么，做什么，批判什么，崇尚什么，只要你开心，你有充分的理由为自己活着。你可以活得平凡，也可以活得精彩，你可以活得一无所有，也可以活得腰缠万贯，全凭自己的好恶。你自己怎么活都无所谓，但是，你不能损害自然环境，不能侵犯他人的利益，如果你在公共场所吸烟、乱扔垃圾、大声喧哗、破坏公共秩序，任何一个平民百姓，都会适时地站出来阻止你，无需国家和政府部门出面。如果你有难，任何一个你不屑一顾的平民百姓，都会及时地向你伸出援手，也无需国家和政府部门出面。这就是爱，低调而从容，像和煦的海风，抚慰着每一个平凡的生命，像热烈的阳光，温暖着每一个经过的灵魂。没有人高谈阔论，但是，每一个澳大利亚人都在切实履行着这样一条准则：穷则独善其身，达则兼济天下。感动之余，你不得不惊叹于中华文化的博大精深。

这里是人类生活的乐土，是最适合人类生存的地方，这里是充满爱和阳光的天堂。但是，并不是每个人都愿意或有机会向着阳光出发。

如果你有兴趣、有时间读读《心路：向着阳光出发》，相信你的内心也一定会洒满阳光。

朋友，让我们阳光下见！

阳光下见

朋友，约吧
让我们阳光下见
那里有广袤的蓝天
可以与岁月缠绵

朋友，约吧
放下内心的贪婪

我们无需胆战心寒
幸福和财富无关

朋友，约吧

友善让天高云淡
赢输只是过眼云烟
少一点凡尘俗念

朋友，约吧
花正好月儿正圆
蜂飞蝶舞风光无限
让我们不见不散

目 录
Contents

第一部

向着阳光出发

飞机经过一夜的飞行，终于抵达了她心中向往已久的城市，澳大利亚悉尼。一出舱门，她便惊在那里。蓝天、白云、碧水……一切仿佛是透明的。在驱车前往住处的路上，她似乎走进了一个童话般的世界。阳光是灿烂的，空气是暖暖的，马路是洁净的，房子是矮矮的。没有拥挤，没有喧哗，没有鸣笛，甚至没有人影绰绰。中午时分，大街小巷都笼罩着静谧而安详的气氛。

到了目的地，她拉着年仅三岁的宝宝走进了她们事先租好的房子，准备从这里开始她们全新的生活……

这个世界每天都在变化，所谓："祸兮福之所倚，福兮祸之所伏"，有谁能够料到，这个曾经的罪犯流放地，如今却一步一步成为地球上最适合人类居住的国家。

她的过去并不光彩
曾经抚育着罪犯的后代
故事传奇而无奈
可她的人民悠闲自在
没有烦恼也少了阻碍
马路修得流光溢彩
楼房建出浪漫情怀
很多城市四面环海
街道整洁得不忍去踩
没有风沙也见不到雾霾
人人活得实实在在
没有誓言也不炫耀豪迈
每一个出品都凝结着挚爱
自己的环境自己主宰
绝不允许人为的破坏
自己的国家自己爱戴

循规蹈矩从不乱来

法律是至高无上的存在

并不辉煌的历史却绘出璀璨的未来

初识澳大利亚

这是一套独立屋，一室一厅一卫。可能是由于主建筑占地面积不大，剩余的土地较多，所以房东在庭院后面建造了这样一套房子。房间非常简单、整洁。

放好行李物品，准备去一下洗手间，一开门，这一惊非同小可，只见卫生间里有一条至少半米长的细细的虫子，它正肆无忌惮地悠闲地蠕动着。看来生活在这个国度里，不仅人类怡然自得，连虫子都与众不同，散漫慵懒。

她本来就是一介书生，生活中略有些娇弱。她睁着大大的眼睛，捂住嘴阻止了即将发出的惊悚的喊声，因为她是母亲，她必须故作镇定！她的女儿似乎感觉到有什么异样，快步走了过来，她还没有来得及反应，女儿突然惊叫起来："妈妈，虫子！我怕！"

她从小就害怕虫子之类的东西，每次看到都会吓得跑出好远。可是，现在的她必须表现出足够的坚强，因为在这块陌生的土地上，与她相依为命的只有小小的女儿，她要给她足够的安全感和勇气。于是，她故作不以为然地对女儿说：“宝贝，不就是一条虫子吗？有什么好怕的。”说着便抬起脚狠狠地踩了下去，那一脚踩得相当的潇洒，只有她自己知道，那一瞬间她的内心是难以形容的恐惧和不知所措。但是她却一边踩一边对女儿说：“宝贝，在这个世界上，人是最强大的，没有什么东西可以打败人的。”不知道这句话是为了安慰她的宝贝呢还是为了安慰她自己。反正她的女儿似懂非懂地跟着她进进出出，终于把一切都安排妥当了，她们决定出去填饱肚子。

一出门便看到一个三十岁左右的洋人男子，客气地和她们打招呼。她似懂非懂，大概意思是他一个人住在旁边的主建筑里，是搞音乐的，大家从现在起就是邻居了，有什么需要帮忙的，请不要客气云云。她从小就不喜欢和陌生人说话，出于礼貌，只好客气地道声谢谢，况且她那蹩脚的英语还不足以顺畅地和洋人交流。她们在对面的麦当劳里随便点了些东西。这里的麦当劳好吃又便宜，几块钱已经吃得很饱了，而且没几个人，不像中国，每次吃个麦当劳都挤得人山人海，而且还比较贵。人少也有人少的好处。女儿吃得开开心心，小孩子一直很兴奋，可能是因为一切都充满着新鲜感吧。吃饱喝足回到住处，天色渐渐地黑了下来，做了太久的飞机，又收拾了几个小时，人也累了，准备休息了，她走到窗前正准备拉上窗帘，突然心中一惊……

坚强不是与生俱来的，在某种程度上，是被现实锤炼出来的。正如众所周知的《钢铁是怎样炼成的》一样。

爱是坚强的理由
责任是前行的借口
生活教会了我们所有
美好要靠自己去奋斗

快乐是一种心态

月光照在漆黑的院里，四周静得可怕。最可怕的是这幢房子是一层，单窗，而且没有锁，没有防盗栏杆，外面的人如果想进来，只是抬腿之劳。这种房子怎么住？可是这么晚了还能怎么办？她拿起毛毯蒙上窗户，用房内仅有的桌子顶了上去，先睡一晚上明天再说吧。

孩子已经睡了，小孩的好处就是不了解外面的世界。因为了解的少，所以担忧就少。她希望女儿能够永远生活在单纯和无忧无虑里。也许太累了，她也很快进入了梦乡。第二天一睁眼已经十点多了，太阳喷薄而出，房间里喜气洋洋，一扫昨夜的恐惧和疲劳。她们洗漱完毕，又去对面的麦当劳“大吃”了一顿。女儿一直笑嘻嘻的，东张西望好开心的样子。吃过早餐，她打电话给房东：“你好，这个房子的窗户怎么没有锁、没有栏杆，晚上睡觉很危险的。”房东是香港人，已经在澳大利亚生活三十多年了，她很诧异地说：“有什么好怕的，这里很多的房子都是这样的，放心吧，非常安全的。这里的社会治安很好，不会有人破门而入的。”安全？她不知道。初来乍到的又是女人，还有一个三岁的女儿，还是小心点好，何况这个房子也有点太简陋。于是，她领女儿出去准备重新找处房子。

什么地方都不认识，火车也不会乘，想找个人问路，可是街上根本看不见人，更看不见黑头发的中国人，不像现在悉尼满大街都是中国人。她们几经周折，终于找到了火车站。车上的人不多，却仿佛是联合国一样。有黑人、白人、黄皮肤的人，一看就知道大家（或者父母）来自不同的国家。她有点“独在异乡为异客”的惆怅。这时，车厢里走来一位中年男子，看长相应该是英格兰人。他非常礼貌地问候了大家之后，便拿起了小提琴，开始演奏世界名曲《My heart will Go on》。曲调悠扬，婉转而忧伤。曲终之后，有几个人给了一些零钱。他继续演奏着，看得出来他非常地投入和忘我，这是一只非常欢快的曲子，叫不出什么名字，但那悠扬悦耳的旋律和演奏者优雅的笑容却深深地感染了她，冲淡了些许的凄凉感，喜悦和坚强油然而生……

火车到了悉尼市中心，她领着女儿漫无目的地走着，在广场上和街道两旁，有一些艺术家当街展示着才艺，唱歌的，跳舞的，演奏的，画画的……他们用艺术向公众展示着自己对生活的追求和向往，那份执著和努力深深地感动了她。也许那些作品很普通，永远得不到认可，也许他们还要面对沉重的生活压力，但是，与物质层面相比，他们似乎更在意精神层面的快乐与富有。他们个个脸上洋溢着幸福的笑容，同时也把这份幸福传染给了她和她的女儿。女儿快乐地对她说："妈妈，我也会画画，等我长大了我画好多好多的画，然后把画卖掉给你买那样的车。"她顺着女儿手指的方向看去，原来女儿兴致勃勃地要给她买的车是一台大货车。她笑了起来，小孩子的心里一定认为，车越大越好，越大越贵。不过那台大货车是奔驰，一定很贵！

她笑着拉起女儿向前面的书摊走去，边走边说："好的宝贝，你快快长大！"

快乐，就像阳光一样无处不在！

在人流涌动的车上路旁
他们在用心地画写弹唱
快乐的音符空气中流淌
温暖传递给了你来我往

用音乐营造出一道阳光

诉说着艺人坚守的梦想
人生之路有一堵堵高墙
披荆斩棘他们缓缓而上

也许岁月已将两鬓染霜
火热的心仍如朝阳初上
歌声如鲜花吐露着芬芳
把人间点缀得仙境一样

也许它登不了大雅之堂
与民同乐也是艺术之长
功名并非艺术家的方向
艺术将爱洒向四面八方

爱也需要勇气

她们来到了书摊，上面摆放着各种报纸，她找了一份中文报纸，从很多招租广告中找到一个电话，打给房东之后约好去看一套公寓，这是一套三居室的房子，优雅的男主人接待了她们。进到厅里之后，她发现沙发上躺着一个几个月大的小婴儿，一直在哭。男主人很客气地对她们说："你们可以免费在这里住，条件是偶尔帮忙看看小孩。"她："孩子多大了？"男主人："三个月。"她："孩子妈妈呢？"男主人："跑了！"她诧异地问："跑了？"男主人平淡地说："对，永居身份下来之后就扔下孩子跑掉了。"她沉默了，什么样的女人可以扔下仅仅几个月的孩子跑了呢？那个男主人看上去文质彬彬的。她有些莫名其妙，也有些同情，那个孩子始终在哭，好像很饿的样子。可是她是来租房子的，不是来找工作的，再者她好像也不太会照顾这么小的孩子，也不想卷进这种事件中。于是，她婉言谢绝了。

她们走出房间很远了，身后仍然传来孩子的哭声。她永远也无法理解这样的女人，但是，后来她发现这样的事情在澳大利亚的华人中间已不算什么新鲜事。一些中国人为了移民到澳大利亚，或者在澳大利亚取得合法居留权，常常会选择自己不喜欢或者根本不了解的男人或女人结婚，婚姻在某种程度上变成了一块跳板。结婚以后在一起生活，各种矛盾便显现出来。语言差异、文化差异、成长背景差异、兴趣爱好差异、性格差异……所有的差异都注定了这场婚姻从一开始就没有未来。然而，这样的婚姻却普遍存在着，没有丝毫的递减。生活中常常会遇到这样的场景，一个洋人挽着他的华人太太，看上去如胶似漆的样子，一接触才发现，他美丽的太太一句英文不会讲，而他呢，一句中文不会说。曾经有人调侃地形容这种婚姻：不需要语言，只要可以进行肢体交流就好。

她的一个五十多岁的朋友，在中国娶了一个二十几岁的美女，刚刚认识的时候，那个美女好像很爱很爱她的朋友的样子，每天又嗲又黏。但永居身份刚刚批下来，那个美女便闪了，而且把她的朋友仅有的财产——两盒茶叶也席卷一空。

至少这位美女还与她的朋友同床共枕生活了两年多。更有甚者，爱得“死去活来”的一方竟然一下飞机就直接失踪了。生活在澳大利亚的一方兴致勃勃地去机场，却连人影也没见到。

在她以后的生活中，这样的故事时有发生，这样被母亲抛弃的孩子也时常出现。正因为如此，澳大利亚的移民局也被“锻炼”得越来越聪明，审理婚姻移民案件的时间越来越长，条件越来越苛刻。

爱情，这个至高无上的情感，对于生活在澳大利亚的很多人而言，不仅仅是一种冒险，甚至是一种奢侈！

灵魂与灵魂的交谈
不需要任何的语言
善念编织成了小船
诗就是那远行的帆

遥望着银河的对岸
任思绪摇动着秋千
感受着悠远的挂牵
温暖在空气中蔓延

星星在月亮旁眨眼
白云在蓝天上盘旋
微风若离树影忽现

讲述着古老的因缘

历经千百年的修炼
穿越了时空的阻拦
纵然隔着万水千山
心已跨越了地平线

世外桃源

从那套房子里出来之后，她们又去看了一套两居室公寓，各方面条件都还不错，于是她决定租下来。按照澳大利亚租房的规矩，两周之后她们终于搬进了新居。

一切安顿好之后，她领着女儿来到了悉尼著名的歌剧院游玩。“妈妈，这里好漂亮！”女儿开心地喊着。是啊，这里真的很漂亮。天空湛蓝无际，偶尔飘过几朵白云；大海清澈透明，让人忍不住想下去戏水；空气清新淡雅，别有韵味荡在心头；气候温和适宜，微风吹出丝丝柔情。马路上有绿荫环绕，街道旁是鲜花簇拥。走着走着她不由自主地想起了陶渊明的《桃花源记》。

悠闲自在、万种风情充溢着情人港，美妙绵延的海岸线，碧波中的一艘艘小船仿佛在讲述着美丽的爱情童话。天然的大花园随处可见，她看着女儿欢蹦乱跳的样子，开始浮想联翩……

花园、高尔夫球场、足球场、篮球场……随处可见，小路上时不时有人从身边跑过。海边有人在游泳，有人在潜水，有人在野餐，这一切的一切都与自然相互辉映，让淡泊的生活丰富多彩，健康而怡然。唯一的缺点就是人比较少，没有人似乎也少了一些气氛。这时候，她开始想念中国，想念她熟悉的亲人，想念那种熙熙攘攘的感觉。

美丽是如此的令人向往，人类赖以生存的世界本应如此。

绿荫环绕少女般的倩影
碧水营造少年般的聪颖
轻风勾画着游人的憧憬
祥和书写出久违的人性

澳洲的天空淳朴而宁静
人与大自然相惜又相行
真诚让爱和美如影随形
和平之光孕育万种风情

永远的情人岛

她们在悉尼的情人港玩了三个小时，有一艘专门供游客在附近参观的游轮停靠在码头，她们坐上游轮准备去附近岛上游览。游轮上的活动丰富多彩，自助餐色香味俱全，儿童的娱乐节目更是赏心悦目。在大家的欢呼雀跃声中，游轮很快就到了一处小岛，人们纷纷走下游轮在小岛上漫步。小岛实际上就是一个硕大的花园，上面郁郁葱葱，宁静雅致，旁边是潺潺的小溪，不知道是什么鸟在林间飞来荡去，对人类非常的友好。岛上充满了鸟语花香，诗情画意。这里应该叫“情人岛”！她在心中这样想着。这时，一个黄头发的小男孩手里的可乐瓶掉在地上，可乐溅了一地。他的妈妈马上拾了起来，随手装在塑料袋里，并从包里拿出纸巾使劲擦掉地上的痕迹。女儿小声地对她说：“妈妈，那个阿姨为什么要擦地？这地方是阿姨的吗？”她笑着对女儿说：“宝贝，这个地方是大家的，她的儿子把地弄脏了，她要擦干净，这样你走过去就不会滑倒，也不会把衣服弄脏。”女儿有些懵懵懂懂地问：“这是大家的地方吗？”她说：“是的宝贝，大家的地方就要大家一起爱护呀！”女儿睁着大大的眼睛看着那个小男孩的妈妈，似懂非懂地“哦！”了一声，就随着妈妈向前走去。

这个场景，让她想起了那天去街上买东西，正走着，一辆漂亮的白色奔驰从她身边飞驰而过。一个貌似高贵的中国女孩，优雅地打开车窗，潇洒地抛出一包垃圾。她下意识地向两侧瞧瞧，看看有没有人看到，她为自己的同胞的这种“潇洒”感到脸红，有种似曾相识的感觉。面对着繁忙的车流，整洁的街道，她有些无语，只好默默地走了过去，悄悄地拾起那包散落一地的垃圾，丢进了远处的垃圾桶。目前，以她的能力能做的只有这些。对于自己的祖国培养出来的强大的子民，她想说：一条一尘不染的公路被破坏的同时，祖国的尊严也同时被践踏了！可是，有人会听她说吗？她希望她从自己做起，同时，她也希望她的女儿能比她做得更好。看着女儿懂事的样子，她知道女儿能够做好。

是的，成长中的女儿一直做得很好，很优秀。

正在她聚精会神地遐想的时候，已经到了开船的时间，她们乘上船，继续愉快的游玩……

伤害和摧毁自己的，往往不是别人，恰恰是自己本身。

不能有些许的缠绵
不敢触碰心底的柔软
纵然是思念万千
也只能遥看着天边

花开花谢并不遥远
潮涨潮落仿佛在昨天
期盼着昨日重现
岁月却回不去从前

与梦想擦肩而过

从游轮上下来，她们开开心心地回到家里，日子就这样慢慢地流走。她开始学英文，因为国内的毕业证书已经公证过，悉尼一所著名的大学决定录取她进行研究生深造。在她的人生当中，这是一次难得的机会。

正当她踌躇满志准备半年之后继续深造法律的时候，中国传来消息，她在中国的几处生意全线告急！那段时间电话的内容都和钱有关，到处都需要钱。国内的管理人员本不想打扰她，原打算尽力解决，一直没有和她谈具体情况，所以当她得到消息的时候，国内的生意已经全面陷入困境。一时间她举步维艰，进退维谷。一方面，她开始想尽办法筹措资金，一方面，她放弃了即将开始的学业。这是她人生之中第一次为钱所困。曾几何时，一切顺风顺水的时候，她始终视金钱如粪土，如今被金钱困扰的时候，她才真正领会到了什么叫“有钱人的异想天开”。因为女儿太小需要照顾，她没有办法留下女儿赶回中国，而且即使她赶回去，以当时的状态她也回天无力。不仅生意告急，她在悉尼的生活也陷入窘境。昂贵的房租和生活费让她不得不放弃读书，开始找工作。

她领着女儿四处寻工。负责招聘的人上一眼看看文弱的她，下一眼看看年幼的孩子，客气地记下她的电话，告诉她回去等通知。可是，这一等就是一个月，没有一家用人单位来过电话。这一天，她交好房租、买完火车票，包里只剩下十澳元，她知道女儿饿了，便领她去附近的麦当劳买了一个汉堡包，看着女儿吃得香香的样子，泪水顺着她的眼角流了出来。女儿问道："妈妈，你难过了吗？"她擦擦眼泪对女儿说："没有，眼睛有点痒。"女儿太小，还不懂得生活的艰难，她也不想让女儿过早地了解这些，她把女儿带到这个世界上，又和她漂洋过海，她有责任也有义务保护好女儿。

看着女儿吃完东西，天色渐晚，她领着女儿去了一家工厂。她告诉女儿说："宝贝，在门口等妈妈，千万别离开，妈妈去去就回。"她决定最后一搏，这次为了给招工的人留点好的、能干的印象，她没有领女儿进去，而是把女儿放在了门外。在澳大利亚，好像没有听说过有偷孩子的事情，至少当时是那样。

她经过一千多平方米的厂房，走进了工厂的办公室。

有时候，人们不是在你最需要帮助的时候，而是在你最有利可图的时候才向你伸出手。

生活有时步履蹒跚
阳光的背后也蕴藏着苦难
活着就要走过艰险
让荒芜变成桑田

生活不相信眼泪

办公室里坐着两个中年男子，正在讨论什么。她敲敲门问道："请问是你们这里招工吗？"年长一点的男人看看她说："是合法居留吗？"她答："是。"男人："做过吗？"她："没有。"男人转身和年轻一点的男人讨论了一下，转过头说："明天可以来上班吗？"她说："可以。"于是，他站起身和她讲了一些要求和工资待遇等情况，并告知她第二天早上 8 点上班，带上护照和税号，每周五开工资，明天正巧是周五，这就意味着她明天上一天班就可以拿到工资。她开心地走了，男人想送她出门，被她婉言谢绝了，因为女儿在门外等着呢。她们回到家之后，她告诉女儿，她明天要去上班了，让女儿自己在家，并把警察局的电话号码和自己的电话号码贴在电话机旁边，告诉女儿在紧急情况下如何打电话云云，女儿懂事地说："妈妈我知道了，你就放心吧。"

虽然兜里只有几块澳币，好在家里还有一些大米和青菜，否则她们真的要饿肚子了，这段时间是她成年以后最艰难的日子。因为事业上一直“风调雨顺”，经济上也比较宽裕，所以，她没有学会“未雨绸缪”，也不太懂得“计划经济”，多亏上天始终对她关爱有加，让一切都得以顺利度过。

早上，她为女儿准备好吃的和用的，嘱咐她不要给任何人开门之后就出发了。她不知道，在澳大利亚把年幼的孩子一个人留在家里是违法的，她也不太懂得人世间还有很多险恶，她怀着一颗单纯而浪漫的心生活着，因为无知所以无畏，因为简单所以快乐，即使摔倒了，她仍会拍拍尘土笑着爬起来。她就是这样，怀着一颗感恩的心开始了她有生以来第一次为“资本家”打工的生涯。

所谓痛并快乐着应该就是这个样子。痛不痛她无法判断，但她一直很努力很努力地让自己和周围的人快乐着。

渴望有棵大树

偶尔可以驻足

即使停下脚步

不会茫然无助

汗水洒了一路
泪水画出沉浮
情系于无声处
人在茫茫旅途

认清自己

她到厂里的时候一个人也没有，大概等了半个小时，大家陆陆续续地到了。昨天接待他的那两个男人领她走了进去，把她介绍给一个二十多岁的年轻人之后就出去了。那个年轻人是车间负责人，他不是很和善地看着她说："老板说你没做过。"原来那两个人是老板。她说："是的。"她心想不仅没做过，也没看过。年轻人说："你能做吗？"她说："我可以学。"年轻人："你看得懂英文吗？"她说："我试试。"年轻人："跟我来吧。"她随那个年轻人进入车间。终于见到几个中国人，她感到特别亲切，这段时间以来，她几乎见不到几个中国人。

从年轻人的介绍里她了解到，这个厂子大概有二十多人，是一个比较正规的企业，以木工为主，加上它只有两个女人，其余都是来自于世界各地的男人。有新加坡人、泰国人、马来西亚人、斯里兰卡人、两个英国人、两个印度人，加上她一共六个中国人。她的工作是最后一道工序，把师傅们做好的木质窗帘穿好并打包。所有程序都是英文单。产品供应世界各地，不可以有丝毫差错。

她突然感觉到世界是如此的“大同”，澳大利亚提供了一个“全世界人民联合起来共同创造财富”的机会，这让她充满了好奇。大家就这样讲着各具体国特色的英文，为了生存这个共同的目标，聚集到了一起。

年轻人开始教她如何操作。对她而言，这是一件比较艰难的工作，从脑力工作者，突然间转变成体力工作者，她有点摸不着头绪。来到澳大利亚以后，她突然发现自己是如此的渺小和不堪一击。那个一起工作的女人，来自北京一家著名的出版社，那个在前一道工序做工的中年男人是女人的老公，曾经是北京大学的副教授。随便拿出一个什么人，都曾经是那么的优秀和出类拔萃。那个教她如何工作的年轻的负责人，竟然可以讲五个国家的语言。她真的是大开眼界。

这一天就这样忙忙碌碌又懵懵懂懂地结束了，她如愿拿到了一天的工资，匆匆忙忙地赶回家。当她打开房门，女儿兴奋地扑了过来，那份爱冲淡了一切辛苦和委屈。她们吃好饭以后，女儿就进入了梦乡。她躺在床上，有些百感交集。自觉不自觉地回想起那个早已淡出的记忆。

曾经，有一个男人，每天早上，候在她家的楼下，每天晚上，候在她单位的楼下。三个月，始终如一的身影，默默地守在那里，风雪无阻。一首自弹自唱的《星》穿过风雨让她怦然心动。于是，她决定做他的新娘。接下来的阻力是无法想象的。所有的人都站出来阻止她，她的家人，她单位的领导，她的同事，她的朋友，她的初恋，包括婚姻登记部门，仿佛他们开“常委会”讨论过一般。单位不出具介绍信，婚姻登记部门两次拒绝登记。理由很简单，认为她是一个优秀的女孩，希望她本着对自己负责的态度，认真而慎重地考虑一下。单位领导反复找她谈话，经过他们认真仔细地调查了解，认为对方实在不适合她，力劝她放弃。她的母亲也警告她，要结这个婚，就和她断绝关系。她怀着对抗整个世界的决心走进了一个没有祝福的婚姻。没有婚纱，没有婚礼，没有掌声，没有……什么都没有。但是她坚持认为，爱无法改变一个人的过去，却可以改变一个人的现在和未来。是的，爱会改变一个人的现在和未来，但关键还是取决于这个人自身。所以，无论是婚姻还是其他事情，适合与否是至关重要的，适合才能走得远些，走得踏实些。在现实生活中，很多人都会不同程度地相信自己可以，可以改变对方，可以改变他人，甚至可以改变世界。其实，平庸的我们什么都无法改变，最多的是改变自己，进而争取去影响对方，影响他人，影响世界，只是争取而已，并非一定，也不是必须。如果当初她能够认识到这一点，也许她的人生会有另外一道风景也不一定。有时候，药都是自己配的，酒也是自己酿的，自斟自饮的时候，才知道错了，但人生已无法回头。

恍然间她似乎长大了很多，明白了很多。她一直引以为自豪的东西，实际上都是在这个世界上赖以生存所必须具备的能力和水准，她终于有些释怀了，明白了自己只是一颗普通的小草，普通得可以被世界忽略不计。但是，她始终坚持着存活在某一个角落，用极强的生命力默默无闻地努力着。一个决定在她心中产生，于是，她拿起了电话……

世界很大，不要总以为自己是什么，或者可以改变什么。努力，再努力，让自己做得好些，再好些。但不要太把自己当回事。要知道，这是个强手如林的时代。

不要处处高估自己
改变世界只是传奇
应该学会善待自己
独善其身快乐无比

消失在大火中的木帘厂

她通知国内生意上的负责人，尽快结束她在中国境内的一切生意，整合资金，准备投资澳大利亚的物业，因为她看好了悉尼物业的长足发展空间。

没有深思熟虑的开始，结束的时候也是要付出代价的，世间万物皆如此。每个人都要对自己的行为负责，指的应该就是这个。曾经轰轰烈烈地开始，于感情、于事业，却以惨烈作为收尾。感情陷入低谷，资金大量流失，不知道这算不算她人生的“滑铁卢”？

决定之后，一切都在果断地进行当中。

工作也进行得比较顺利，她不算笨，几天之后便能应付自如。两个老板都来自中国上海，对她比较关照，偶尔会过来和她聊几句。她本来就不太善于沟通，在异国他乡，就更加少言寡语。他们的谈话基本上是在一问一答中进行着。

上天总是“眷顾”那些平凡而普通的人，正当一切顺顺利利地进行的时候，一场大火结束了这个企业，也结束了她的第一份工作。

那天早上，她来到工厂，很多警察已把工厂围得水泄不通。她费尽周折挤了过去，那个一起工作的女人哭着告诉她："工厂刚刚开工就着火了，因为都是易燃物，所以火势蔓延很快。消防车正在灭火。"女人说她老公今天休息，她刚进更衣室，正巧老公给她打电话问她到了没有，因为里面信号不好，她冲出来接电话，身后不知道什么东西爆炸了，如果不是老公这个电话，女人可能就炸死或炸伤在里面了。看着女人惊魂未定的样子，她有些茫然。因为火车晚点，所以她迟到了 20 分钟，怎么就发生了这种事情？昨天还是偌大的一个工厂，今天怎么就烧成了废墟？刚刚在火车上还和老板通电话，告诉他火车晚点可能会晚到一会儿。她问："老板呢？"女人哭着说："刚刚还在，被警察叫过去了解情况了。"望着已经化为灰烬的厂房，她有些不知所措。真的是世事无常，昨天晚上刚刚打包好的一批货，正准备今天发往欧洲，时值圣诞节前夕，厂内堆满了大量成品，损失极为惨重。两个小时以后，那个年轻的负责人走过来传达老板的指示："大家先回家吧，厂子短时间内已经无法开工，大家各自找工作吧，这周的工资等算好后会打到每个人的银行卡里。"女人问："什么原因失火？"负责人：

“正在调查当中。”

大家就这样回去了，只剩下警察和消防人员以及几个相关负责人。女儿见她回家这么早非常开心。她没有和女儿说什么，她不想让这么小的孩子过早地感受到艰难困苦，能快乐的时候就尽可能地让孩子快乐，她不希望女儿重复她曾经的童年，这也许是她唯一能为女儿做的。她收拾一下便领女儿去了悉尼最著名的邦迪海滩。这些天女儿一直一个人在家，一切暂且放下，先出去玩一天……

人，是逼出来的。没有什么是不可逾越的，关键在于你是否想“绝处逢生”！人的潜能在关键时刻才能真正显现出来。在这一过程中，意志力起了决定作用！

不经意间

已走出很远

错过了温馨的港湾

无法靠岸

书读万卷

走不出世间的缘与圆

何为永远

魂牵梦绕欲理还乱

意外的求助

说到海滩，世界上可能很难找到一个城市可以与悉尼媲美。她拉着女儿走在邦迪海滩上，一边欣赏着湛蓝透明的海水，一边遥望着辽阔无际的海岸线。女儿认真地问她："妈妈，那海里有没有美人鱼？"她笑着说："也许很久很久以前有过，但是妈妈没有见过，只是在神话故事里听说过。"女儿："妈妈，大海好漂亮，我喜欢。"她说："妈妈也喜欢。等你长大了，心也要像这大海一样宽广。"女儿："心怎么能像大海呢？"她大笑着说："等你长大了妈妈慢慢告诉你。"她们就这样走着、看着、聊着、玩着，太阳渐渐地落山了，四周闪动着美丽的霞光。这时，她的电话突然响了起来。

电话号码是木帘厂老板的，她拿起电话："你好！"老板："你好！可以见一面吗？"她有些奇怪，老板为什么要见她，不过出于礼貌她没有直接拒绝，而且老板正处在"非常"时期。她客气地说："对不起，我现在在邦迪海滩，有什么事你可以电话上说吗？”老板：“电话上说不方便，我住得很近，我去见你吧，我大概 15 分钟左右能到，你等我。”她：“好吧，到了给我电话。”老板：“好。”放下电话女儿问：“妈妈你有事吗？”她：“等一下妈妈的老板要来。”女儿：“那宝贝可以陪你吗？”女儿有些紧张地问，也许她担心好不容易和妈妈出来一天，不会又要送她回家吧。她：“当然了，今天妈妈只陪宝贝。”女儿满足地笑着，在沙滩上随着风筝奔跑着。

望着女儿快乐的身影，她陷入了思考。自从女儿出生以后，她便一个人抚养着她，因为她太忙了，所以虽然始终把女儿带在身边，但是总有不方便的时候。一个在事业的跑道上全速奔跑着的女人，总会有些不尽如人意的地方。如今，她又任性地带她漂泊到异国他乡，虽然风景这边独好，可是孤独和无助总是有的。她的决定让女儿从小就陷入了为生存而顽强努力之中。

好像女儿适应能力特别强，很快就融入了这个丰富多彩的世界里。适者生存，别无选择，也许这就是人生。正当她思绪飞扬的时候，电话又响了，是老板。她：“喂，你好！”老板：“我到了，在海滩对面的第二个咖啡厅，我在这等你，你慢慢走过来好吗？不急。”她：“好吧，马上到。”她正在附近，几分钟之后她拉着女儿赶到了。老板是个很英俊帅气的上海男人，看上去很有担当的样子，他曾经是留学生，因为成绩优秀申请到了移民。她对女儿说："问叔叔好。"女儿："叔叔好！"老板惊讶地问："这是谁家的孩子？"她："是我女儿。"老板："噢，你看上去很年轻，不像有小孩的样子。"她礼貌地笑笑，无法判断老板是在客套还是发自内心，难道他没有注意过她的护照还是忘记了，总之，这个并不重要，他想知道老板此行的目的。于是她笑笑问："您急着找我有什么事吗？"老板："不急，先坐下喝杯咖啡慢慢说。"因为咖啡台是两人台，她安排女儿坐在另一张台子上，给女儿叫了一份冰淇淋，这是女儿特别喜欢的一款。因为不知道老板想说什么，不确定是否应该让小孩子听到，所以她有意这样安排。她也叫了一份冰淇淋，这家店的冰淇淋和咖啡都是一流的。但是她对咖啡过敏，所以无福消受。一边吃着冰淇淋，她一边问道……

很小很小的时候，她的名字里有一个"云"字，所以她这一生像云朵一样在天空中飞翔，海阔天空留下她寻梦的轨迹。也许无所谓对错，努力过就好，在这个广袤的宇宙里，每个人都不过是一名匆匆的过客，哪怕是流星，曾经闪亮过就好！

找不到恰到好处的词汇形容你
因为你的美让所路过的人窒息
宇宙赐予了你无与伦比的魅力
喧嚣而浮躁的世界也为你痴迷

你的灵魂里看不见肮脏的交易
你的世界里远离了都市的拥挤
秀美多姿的海岸线妩媚而逶迤
广袤而绵延的沙滩多情而旖旎

每一粒沙子都讲述着你的传奇
每一朵浪花都舞动出你的威仪
自然的韵律弹奏你的磅礴大气
因为有你地球更加温婉而美丽

同病相怜

“您这样急着找我有什么事呢？”老板沉吟了一会说：“我实际上是想请你帮帮忙。你知道厂子着火之后损失惨重，这个厂子投资了一百多万澳元，有五十多万澳元是我们两个老板向别人借的，有的钱还是借的高利贷。现在厂子烧没了，很多合同违约需要承担违约金，另一个老板已经病倒了，我也没什么办法，只好求助于你。你千万别见怪。”她有些愕然。老板真有眼光，怎么会向她求助，此时的她还不知道向谁求助呢。老板见她沉默不语，便一直信誓旦旦地承诺着……她必须承认，老板的口才是一流的，可惜求错了对象。她考虑了一下说：“我是很想帮你，可惜我目前没有这个能力。”老板略显疑惑地看着她。她想了想问：“你怎么想到向我求助？”老板：“直觉告诉我你应该有这个能力。你来应聘的时候我就已经意识到了，你应该不是一个靠给别人打工而生活的人。”她笑笑说：“对不起，这次你判断错了。”老板：“没关系，这个时候能有一个人陪我说说话也好。”她问：“查出失火原因了吗？”老板：“应该是电焊工操作失误。”她：“噢，那会怎么处理呢？”“不知道，我的律师正在向保险公司理赔，即使能理赔的话也只能赔偿一部分，自己损失的多。”他们聊了一会，最后她说：“相信你一定能渡过难关的。”老板：“谢谢！希望如此吧。有机会多联系，我们可以做朋友。”她：“好的。”

离开咖啡店，老板要送她们回去，她婉言谢绝了，她不喜欢麻烦别人。人生其实很不容易，前几天她听说一个食品加工厂失火了，老板损失惨重，因为保额低，所以保险公司赔不了多少钱。

打工的人都羡慕老板赚钱多，没有人能够真正体会老板背后的故事，风险和利润是等同的。

太阳升起的时候，永远是光彩夺目的。但是，有谁会在意为了那份喷薄而出，它承受了多少负荷！

从容淡定去直面失败
艰难中也要激情澎湃
生命充满了太多无奈
努力地活着才有未来

没有理由去自怨自艾
顾影自怜只滋生悲哀
感恩一路上多姿多彩
坚强的心学着去释怀

人性的缺失

回家之后，她心里一直感到不安，老板应该是太难了，否则，一个男人怎么会向一个相识才半个月的她求助呢?但是她真的无能为力。她忽然觉得与他实则同病相怜。

奋斗，是一件说起来容易做起来难的事情，平凡固然难有作为，可是想要超越平凡追求卓越，其中的代价是难以用几句话概括的。一路披荆斩棘跋涉到今天，个中滋味她非常清楚。虽然对于那个老板，她心有余而力不足，但是她却在心中默默地祈祷，希望他一切顺利，尽快解决困难。触景生情她想到了自己的问题，自己中国国内业务一切正在按照她的意见进行中，暂时困难重重，没有太大的进展。当地相关人员一直不同意她撤资，有关人员正在交涉当中。去北京办理相关事宜的人回复，北京传媒集团的业务正在顺利运行当中，而且很多方面还在以她的名义进行着，会计和出纳全部被换掉，一切都不在控制范围内，出于安全和法律因素考虑，她通知相关人员无条件撤出。

经过再三协商，传媒集团同意撤出部分资金给她。可是，这部分资金却被她曾经的朋友和合作伙伴挪用了，而且根本没有要归还的意思。理由很简单，他急需这笔钱，而且现在无力归还。这位朋友曾经也算是出类拔萃的，怎么在金钱面前就变成这副样子了？即使诉诸法律，他把钱挥霍了，法律也奈何不了他。还要支付昂贵的律师费。她不知道怎么评价钱这个东西，你说它很脏，可是它却魅力无穷，引无数英雄竞折腰；你说它没那么重要，可是你又常常因为缺少它而陷入窘境；你说它很冷血，可是它又经常能够检测出一个人的人性。钱这东西，也许无法成就什么，但想毁掉什么，却是分分钟的事情。

明知道什么也带不走
人类却拼命地想拥有
仿佛中了欲望的魔咒
不敢有片刻间的停留

焦灼的步履瞻前顾后
无视沿途风景的俊秀
踉踉跄跄地忘了美丑
金钱让太多东西腐朽

富贵不是幸福的源头
金钱不是快乐的守候
人间多少情感的交流
能够忽略了一无所有

徘　徊

因为她对钱不够亲，没有把钱放到足够的高度去认识，所以一路走下来，错过了太多的机会。可是，开诚布公地讲，无论如何她也没有办法把钱放到一个重要的位置。她喜欢爱和关怀，喜欢诗和远方，喜欢童话般的世界，喜欢优雅知性，喜欢冷傲清高，喜欢……这些嗜好和钱有较大的距离。可是，她的生命里有时候还真的因为钱而过不去。这个世界就是这样不能“善解人意”。

小时候穷困潦倒自不必说，有点权势的时候，有人用麻袋提着钱找上门来的故事也可以直接省略，商场上博得风生水起的时候，有人拿着支票本请求入股，被她婉言谢绝了。事业上红红火火，财源滚滚的时候，有银行的工作人员再三找到她问：“需要贷款吗？”她说：“不需要。”银行：“需要信用卡吗？”她说：“不需要。”银行：“好吧。那你需要什么？有什么是我们能够帮上你的？”她说：“暂时不需要。”银行：“好的，有什么需要帮忙的，请及时联系我们。”她说：“好吧，需要帮忙的时候，一定联系你们。”一切都是顺风顺水，身边的亲朋好友络绎不绝。更有甚者，拿着钱告诉她：“朋友，这钱我暂时不用，你拿去用吧，随便你做什么，把生意做大些，赚钱就分我点，不赚就算了，赔了就不用给我了。”还有的朋友曾鼓励她：“去找几个大一点的项目，你负责运营，我们负责投资，一定要有足够的规模。”虽然她一一拒绝了，但心却始终暖暖的。现如今，她在国内的生意状况岌岌可危，曾经那么多想帮助她的人却已不见踪影。她非常尊敬和信任的两个人，一个贪污营业款（都已经赔到如此地步，一定要让它片甲不留），一个拿着钱拒不归还。人性在金钱面前为何如此的脆弱和不堪一击。

躺在身边的女儿已经睡着了，大概玩了一天有些累了。明天早上，她又要去找工作了。睡吧，保证充足的睡眠才有精力去应付困难。

内心是什么颜色，天空就是什么颜色，心灵是快乐的，世界一定是多彩的。原谅和包容，感恩和知足，努力并珍惜。

曾经沧海一份责任守候到天晴

风餐露宿披肝沥胆仍怀着憧憬
如今势单力薄独自在雨中前行
却发现关怀是最远的一道风景

一份挚爱伴随着一份血色痴情
从出生到辉煌却在黄昏里惊醒
无言的结局讲述着古老的心情
莫名的感动支撑人们走到天明

别具一格

吃过早餐之后她和孩子就出发了，她们来到附近的一条小街。这里分布着一些小商铺，这种临街的小商铺也算是澳大利亚的特色了，规模很小却情调满满。淡淡的乡土气息和迥异的文化韵味交织在一起，既别有情趣又非常方便。

澳大利亚人买东西有个习惯就是就近，越方便快捷越好，不知道是因为懒惰还是因为珍惜生命，他们对于时间的计较远远超过金钱，至少曾经是这样，这也算是一种文化。或许是因为这里所有的工作都是按小时计算的，哪怕你举牌站一个小时也是钱，所以时间就是金钱在澳大利亚体现得尤为明显。

因为人太少，所以十几年前澳大利亚的商业规模小巧精致，别具风情的居多。街上分布着各国的杂货店、小吃店、服装店、精品店、房屋中介、税务中介机构等等，应有尽有。你想了解世界各地的风土人情，不用多走，来澳大利亚就足够了。

她们在一家中餐馆的门前停下……

繁华有繁华的魅力，朴实有朴实的温柔。有阳光的地方就有爱，有爱的地方一定有风景。

风永远的驿动轻柔
水永恒的浪漫情稠
温馨的花爬满枝头
冬季如春日般消愁

山色终年绿意葱油
树影四季妩媚别透
大海一路亮着歌喉
仿佛吟唱水调歌头

乌鸦永远爬满阁楼
每日清晨献上问候
年年岁岁骄阳红透
风和日丽分外娇羞

感恩自然得天独厚
爱到深处无须理由
走过春夏也迈过秋
冬天依旧温暖俊秀

现实的体验

餐馆的玻璃上贴着招聘广告，她把女儿安排在一张餐桌坐下，点了她喜欢吃的生煎包，并嘱咐女儿说："你自己慢慢吃，不要走开，妈妈进去有点事。"女儿懂事地点点头，开心地吃了起来。她的女儿很乖，从不挑食，吃饭总是很香的样子，这让她省了很多心事。

吧台里站着一个很漂亮的女生，她走过去悄悄地问："请问你们这里招人吗？"女孩点点头："是的，你跟我来。"女孩讲的国语有点怪怪的，虽然可以听懂，但发音不是很准。后来她才知道，那个女孩子是日本人，她嫁了一个澳大利亚的老公，于是在这定居，她目前是餐馆的收银员，她可以比较熟练地用中文、韩文、英文和日文四种语言和客人交流，粤语讲得也不错。澳大利亚真的是浪费人才的最好地方。

她随那个女孩来到厨房。厨房比较小，十多个人挤在那里，好像有两个女人在试工。女孩子轻柔地说："老板娘，有人试工。”一个高个子女人挤了过来，抖落手上的面粉问：“我们招面点工人，你会包吗？”她看了一眼面案上的包子、饺子、小笼包、生煎包之类的东西，硬着头皮回答：“会一些。”虽然底气不足，但是如果回答不会，一定会被直接打发回去。她一点都不会，很小的时候，帮助妈妈包过，大一点以后一直拼命读书，恨不得把吃饭的时间都省下来读书，哪有时间学习做饭。这么多年一心扑在工作上，几乎从来没有留意过有关做饭的事，如今到了澳大利亚才明白，她这些年“头悬梁锥刺股”“吾将上下而求索”的东西都无法维持她最基本的生活。

老板娘是个风情绰约的女人，看上去三十多岁，手里拿着一块面对她说：“照我的标准包几个试试。”她擦干刚洗的手，看着老板娘包的包子，心想：“应该不难。”必须承认她是聪明的，尤其是在情急生智方面，她的智商一定是一流的，她只是大致看了一下，竟然“照猫画虎”包了出来，虽然样子不是很完美，但却博得了老板娘的认可，告诉她明天就来上班吧。她成功了！对于她无比陌生的领域和环境。虽然工资不高，但足以解决她和女儿目前的吃住问题。买完单拉着女儿出来的瞬间，她感到无比的幸福，虽然今后等待她的是一条尤为艰辛的路，但是她已经很感激了，为什么在关键时刻，上天总是这样厚待她。

幸福，其实很简单，而且一直徘徊在你身边，关键在于你是否注意过它。

我愿
在你的歌声里沉醉
忘了旅途的疲惫
你的柔情将我的世界包围
不在乎你是我的谁

我愿
在你的笑容里入睡
忘了世俗的乏味
借一缕海风送去我的依偎
你若无怨我亦无悔

来自世界各地的同事

她怀着喜悦的心情上班了，什么理想什么事业暂且放下，她现在需要生活，需要给女儿提供一个安全成长的环境。喜欢与否已经不再重要。

工作很简单，复杂的是工作环境。厨房里面一共有十五位工作人员，一个来自泰国，一个来自日本，两个来自马来西亚，两个来自广州，一个来自北京，一个来自天津，其余的来自上海。她突然不由自主地想起了毛泽东那句话：我们都是来自五湖四海，为了一个共同的目标走到一起来了。她在想，大家真的有共同的目标吗？那么大家的目标是什么？为什么大家都放弃了宏伟的理想和良好的工作，不远万里跑到这个小餐馆来干杂活呢？她的目标又是什么呢？

老板娘把她介绍给一个上海女人，告诉她有什么不明白的可以问问那个女人。女人大概三十五六岁，胖胖的，很开朗，很和善的样子。告诉她今天先擀皮，明天会有一个专门擀皮的小妹过来。擀皮这个活她还是会一些的，小时候逢年过节，她常常被妈妈喊到厨房擀皮。今日想想，她必须感谢妈妈曾经大骂着让她放下书本出来干活，否则说不定她会饿死在澳大利亚。

于是，她按照女人的要求使出浑身解数来擀皮，因为要供应四个人包东西，所以速度慢了不行。老板娘在算时间，不停地过来催促："快点！快点！快点！"外面一直排着长长的队伍，有那么好吃吗？"她心里在想。

中午吃饭，上海女人拉着她说："停下来吃饭了。"她盛好饭坐下，大家都速度极快地冲了过来，狼吞虎咽地开吃，只有她很淑女的样子在那里细嚼慢咽。上海女人告诉她快点吃，吃慢了好吃的就没了。她一向文质彬彬的，突然让她变得无所顾忌真的有些困难。下午快收工的时候，厨房的一位员工不停地喊她做这弄那，很多人已经停下手里的活聊东聊西准备下班了。她人老实，初来乍到的一直忙个不停。上海女人终于忍无可忍，冲着那个使唤她的员工大吼起来："你个大男人凭什么欺负人，那是你的活为什么要让别人做，你讨骂是吧……"后面紧跟着一大串难听的话从上海女人嘴里蹦了出来。她不是完全能听懂，被吼愣在那里有些不知所措，这样的局面是她以前从未见过的，更是始料不及。那个员工估计被上海女人骂习惯了，他不温不火地对她说："好吧，我来收拾，你准备下班吧。"于是，她被上海女人拖着下班了，回到家中心里仍然倒吸着冷气。

必须承认，她活到现在，一直渴望着能有一个男人可以为他挺身而出，可以充当她的保护神。小时候没有，因为她从小就没有父亲，没有兄长，长大以后仍然没有，偶然遇到个男人，还需要被她保护着。在这异国他乡，竟然遇到一个为她挺身而出的女人，在以后的一段短暂的日子里，这个女人一直为她"仗义执言"、"披肝沥胆"，命运还真的蛮喜欢和她开玩笑的！

如果你"四体不勤，五谷不分"的话，如果你"肩不能担担，手不能提篮"的话，如果你……那你就来澳大利亚吧，你会发现，在这块美丽的土地上生活一段时间以后，你就什么都会了，至少不会为生活能力担忧，哪怕你有再多的钱，有些事情你也必须身体力行！

你的才华洋溢着任性
谈笑风生展现另类的回应
懂你用玩笑释放的提醒
让快乐与生命如影随形

人生有时候需要单行
美丽也许是最远处的风景
斟一杯美酒为自己助兴
与月对饮共叙千古痴情

暴躁的老板娘

和女儿开心地聊了几句，进厨房准备做饭的时候才发现，手心是红肿的，白天因为精神太紧张，没有什么感觉，回家之后心情放松了才感到钻心的疼痛。吃饭的时候女儿发现了，捧着她的手流着眼泪说："妈妈，手是怎么弄的呀？"她笑笑说："擀皮擀的。"女儿："妈妈，你和老板说说让我去帮你吧，我也会擀皮的。"她看着和凳子差不多高的女儿笑着说："好的，我试试。"女儿开心地一边吃饭一边说："妈妈，宝宝要吃多多的饭，好有力气去赚钱。"她笑得喘不过气来，她终于明白，女儿是她坚强和快乐的理由。小家伙将来也许真的可以赚很多钱也不一定。记得女儿刚刚会爬的时候，她卖了一套房子，对方来交订金，她把钱放到桌子上后就下去送客人，等她回来的时候桌子上是空的，女儿正缩在床角里面像模像样地数着钱呢！她至今也没弄明白刚刚会爬的女儿是如何从离床很远的桌子上，把钱拿到手的。中国不是有句俗语：三岁看到老吗？!

早上，给女儿准备好一天的吃的和用的，她便冲出去上班了，今天那个擀皮的小妹来了，瘦瘦的，二十七八岁的样子，也来自上海。她已经在这里工作一个多月了，很健谈。上海女人和上海妹还有一个来自北京的洗碗的女人，一直边干活边聊天，当然手上的活一点都不影响。她们三个人都在谈着各自的男人，而且“黄段子”满天飞。

日子就这样忙忙碌碌地过着，几个星期下来，她始终沉默着。上海女人包的东西很漂亮，速度也很快。她一直认真地学着。不知道谁曾经说过这样一句话：“学艺不如偷艺”。她默默地从不同点心面粉制作的要求、配置到每种点心馅料的调配等，都已了若指掌，并且熟记在心。上海女人偶尔也会指点她一下各种点心的包法，并一直夸奖她聪明。她的确学得很快，是因为聪明还是因为生活的压力就不得而知了。总之，没有人看得出她曾经只是一介书生，几乎从来没有进过厨房。只有那个帅哥老板，似乎看出一点破绽。

那是她上班的第三天，老板走过来客气地问她：“太忙了，帮忙切点葱花可以吗？”她说：“好。”于是拿起一捆葱拎着一把菜刀在旁边的菜板上切了起来。刚切几下，老板急忙走了过来，略带关切地对她说：“还是我来吧，你这样切很危险，容易把手切到。”她笑笑把东西交给了老板，继续包她的东西。

在澳大利亚，因为人工费太贵，所以，一般的小生意，老板、老板娘都是亲力亲为的。这个餐馆也不例外。老板和老板娘每天都和大家一起工作，一起吃饭，甚至比大家工作的时间还长，员工下班以后，他们还要留下来继续工作。老板娘有些尖酸刻薄，从早喊到晚，而且有事没事的都时常对着她吼。无论内心是如何的波澜壮阔，她始终都没什么表情，只是认真做好她分内的工作。上海女人告诉她："别去理睬，装没听到。老板娘天天去赌场，赌输了上班就发飙，因为你太老实，所以老板娘没事找事！"

老板与老板娘恰恰相反，时不时地过来关心关心她，吃饭的时候经常帮她夹菜，好像怕她吃不到的样子。这种有些过度的关心让她很不舒服，她一直回避着，不想给自己惹麻烦。上海女人也看出点什么，告诉她："小心点，老板和老板娘貌合神离，应该是醉翁之意不在酒。"

擀皮的上海妹也好赌，每周发工资的时候一定去赌场，有赢有输，但大多数情况下都是输得一分不剩然后打道回府。在上海的时候，她的家境不错，过着养尊处优的生活，移民到澳大利亚以后，因为嗜赌，手头逐渐拮据，不得已才来这里打工，所以一百个心不甘情不愿。上海妹最大的特点是一边擀皮一边嘟囔着："一角、二角、三角……"。

有一次她实在忍不住就问道："你擀皮的时候嘟嘟囔囔地干什么呢？"上海妹大大咧咧地说："这还不明白？这是什么鬼活，如果不看在钱的份上，我怎么会喜欢干这个？数着钱我才有力气擀下去呀！怎么这也好奇，你太空来的？！"她笑笑无语。

那个北京女人就更加夸张，大概三十出头，长得高高大大的，脾气特别火爆。她和一个澳籍意大利男人同居很多年，先后生了两个混血女孩。但是不知道什么原因，男人就是不为她申请永久居留权。为此两个人经常打得不可开交，最后北京女人报了警，通过非常艰难的诉讼程序，终于取得了澳大利亚的永久居留权。也许是太无聊，这个北京女人特别喜欢黄色下流的段子，每天都要在店里讲上几段。不知道是因为受过什么刺激还是洗碗累的，有时候还会突然间搂住她问一些令她害羞的话，看到她娇羞的表情，就会开怀大笑起来。如果不是因为北京女人生过两个孩子，她真的会怀疑她是男扮女装或者同性恋。唉！这个世界不仅仅男人好色，女人好起色来似乎更加可怕……

有人说，第一代移民的历史，就是一部血泪史。也许这句话是对的。漂泊在异国他乡，讲出来的都是美丽的故事，流进内心的却是心酸的泪水。

一次美丽的邂逅
注定了一生的等候
夕阳斜抹在窗口
情话哽在咽喉

渴望着执子之手
让幸福绽放在晚秋
难逃世俗的烦忧
借墨可否消愁

执　拗

很快她就可以独立操作面点这一工作了，而那个上海妹仍然只是擀皮，而且除了擀皮，什么都不会做，也没兴趣做。每天就这样嘟嘟囔囔地混着，一幅百无聊赖的样子。每天都有一个男人准时过来接上海妹下班，没有人知道他们是什么关系。在澳大利亚就是这个样子，彼此之间大都互不了解，也没有人有时间或有兴趣去了解和关心那么多，甚至年龄、真实姓名、家庭住址、“社会关系”等等一概不知，全凭自己说，说真说假也没有人介意。今天是“一个战壕里的战友”，明天也许就“天各一方”。只有一点是骗不了人的，那就是你来自哪个国家。看长相有点偏差，但一说话就暴露无遗。

书读多的人有时候变通性就会很差，至少她是这样。一天，老板娘告诉她包子可以蒸了，可是凭感觉她认为还需要十几分钟，于是，她没有听从老板娘的指示。过一会儿，老板娘进来看她还没有蒸，便非常愤怒地大声吼她说：

"我叫你蒸你就蒸，是你懂还是我懂?!"她突然间来了犟脾气，对老板娘说："现在发的时间不够，如果硬蒸的话包子蒸坏了怎么办?"老板娘开始大发雷霆："我的东西，我叫你怎么做你就怎么做！马上蒸!"她非常委屈地把一锅包子蒸了上去，什么也没说。虽然她只做了一个月左右，但是，因为她喜欢思考，发面的东西如果想发得恰到好处，不仅仅是时间和配方，还要结合当时的室温，馅料的温度和馅放的多少等诸多因素。所以，不同的人做出来的面点多少是有些差别的。

事实证明她是对的，一锅一百多个包子全部没发到时间，最后被老板扔进了垃圾桶。她一直保持沉默。下班前老板和老板娘都不在，一个师傅走过来关心地问："你还好吧。"她笑了笑什么也没说。师傅："你人弱弱的，没看出来还很倔，老板娘让你干什么你就干什么，东西是她的，你操什么闲心？坏不坏，扔不扔都是她的事。唉，你这样子怎么在社会混呢？我一看你就是没混过。我告诉你，如果老板娘或者老板让我把螃蟹扔掉，我马上就会讨好地问一句，那什么虾要一起扔掉吗？你这人怎么这么少根筋呀?多跟我学学!"她一时间语塞。这都哪跟哪呢？

做人难，做个好人更难，做个正直而善良的好人更是难上加难！

喜欢一个人静静地看海
倾听着滚滚而逝的无奈
阅读着潮涨潮落的澎湃
领略着无边无际的情怀

浪花飞溅时的活泼可爱
风平浪静时的温馨自在
碧波荡漾时的潇洒豪迈
迎来送往时的从容慷慨

把忍忍的泪水融入血脉
让浓浓的情感化作尘埃
唱尽人世间的风华绝代
无悔于前世今生的等待

生活不都是鲜花

这天，厨房的配菜师傅迟迟未到，中午忙得不可开交。在这里配菜的师傅是一位年近四十岁的中年男人，来自中国香港，曾是香港某大学的讲师，也算年少得志。平日里少言寡语，一天下来除了工作时必要的对话，基本上和任何人都没什么交流。女人和他共事了一段时间，他是个运气比较差的人。过来留学时年仅三十三岁，一腔热血，满腹经纶。第一次申请技术移民时，原本符合条件，谁知移民政策突然变动，雅思英文成绩由原来的6分提高到6.5分。于是他拼命地努力，一年以后雅思英文成绩终于符合条件了，申请递交了上去，技术移民的条件又改了，年龄界限调至35周岁以下，那年他刚好36周岁。于是，他的技术移民申请又被搁浅了。他的郁闷是可想而知的。在澳大利亚，尤其是悉尼，消费高是举世闻名的。高昂的学费，房租，生活费，对于一个经济条件比较差的知识分子而言，真的是举步维艰。于是，他只好一边读书，一边在餐馆打工。

12点半配菜师傅姗姗来迟，哭丧着脸走了进来。原来，昨天夜里，在租住的房子里被一个来路不明的人持枪抢劫了，同住的四个人的手机、电脑、现金等等均被洗劫一空，他这才刚刚从警察局做笔录回来。他来悉尼短短的几年，加上这次已经先后四次被人持枪打劫了。两次在放学的路上，两次在租住的房子里。因为这种遭遇，所以他特别沮丧，加之前途未卜，终于明白为什么他每天都是一副郁郁寡欢的样子，能活下来已经很不容易了。因为孤独加之受了太多的刺激，他的心理多少有点儿问题，怀疑一切，排斥一切，甚至有点仇视一切，对所有的人都是一副不理不睬的样子。即使站在远处，也能感受到他内心的冰冷。不知道他的未来如何？漫长的移民之路如何取舍？曾经的抱负是否还在？

在这个丰富多彩的世界里，阴影也是别具一格的。有多少阳光，就会折射出多少黑暗。无论你喜欢与否，希望与否，有些东西你是没有能力改变的，至少一个人或少数人的能力是有限的。也许有那么一天，一切都会朝着善良人的希望发展着，但是在那一天来临之前，每个人都需要有足够的勇气来面对现实的世界。残酷也好，龌龊也罢，生存下去是必需的，然后是好好的生存，接下来是生存得更好一些。漂泊到异国他乡，不仅考验一个人的身体素质，也检验一个人的心理素质。没有一定的抗压性和适应性，一切都远远超过了善良人的想象。任何的美好都是以昂贵的代价为前提的。当你准备放弃一切去异国发展，来之前首先要问问自己：我准备好了吗？

寂寞有多长
看如何思量
倘若在水一方
从今生到来世怎样

若痴心相望
如何论及短长
灵魂若能共享
笑纳寂寞又有何妨

爱和责任是对自己最好的守护

快下班了，上海女人一直嚷着这几天太累了，要去悉尼最大的赌场玩玩。她从来没有去过，厨房的工作人员几乎都有赌博的习惯，尤其是大厨和二厨，已经六七十岁的人了，一直在餐馆炒菜，来澳大利亚二十多年，赌得一贫如洗。平日里大家经常分享这些故事，她非常好奇，想去看看到底赌场的魅力何在，为何让人欲罢不能。下班以后，她随女人还有几个工作人员一起前往赌场。

这是个五光十色的地方，是她到了澳大利亚以后，见过的人最多、最奢侈、最排场的地方，随处都是名车豪士、名流淑女，灯红酒绿。服务是一流的，微笑是灿烂的，目光是贪婪的，出手是大方的。那个平日里沉闷小气的上海帅哥，突然间仿佛换了一个人，兴奋得手舞足蹈，出手阔绰得令人惊叹。

赌场很大，光鲜亮丽，有免费的茶点、咖啡等。赌博的内容五花八门，每张桌子旁边都围坐着一些人，每台老虎机旁边也簇拥了很多人。虽然人头涌动，却也秩序井然。中间有节目表演，大厅里停放着一辆豪车，这是专门为抽奖的人准备的。

因为第一次进赌场，她除了好奇什么都看不懂。上海女人告诉她，百家乐最简单，去玩一下吧。经过上海女人一番讲解，她试探性地押上一百澳币，一分钟之后变成二百，又一分钟之后变成四百，十几分钟之后，她押上的一百澳币已增至一千澳币。这也太容易了，不费吹灰之力，这钱就成几何数字增长。上海女人是赌场的常客，也很有经验，见她还要玩，知道不好，就拖她出来说："走了，我们还要办事。"她恋恋不舍地随她们离开赌场。回来的路上女人对她说："所有染上赌瘾的人，都是因为刚'入行'的时候赢过，尝到了甜头。我当初就是如此。当初嫁给我老公的时候，因为他嗜赌，我们经常吵架。为了劝他戒赌，我也开始随他去赌场，赌了几次都赢了，就控制不住自己了，只要手里有钱，就想去碰碰运气，结果就变成今天这个样子。你看看，知道怎么玩就行了，适可而止吧，别像我和我老公一样，从此回不去了，再怎么努力，生活也是贫困潦倒。"上海女人第一次和她讲起自己与老公的故事。她笑笑说："好吧，知道了。"

第二天下班后她又不由自主地和厨房里的其他人去了，

这次没有那么幸运，几分钟之后就输掉三百澳币，当她还要继续时，上海女人走过来强行把她拉走。

回到家中，女儿刚好画了一幅画，天上是一弯残月，一个梳着马尾辫的小女孩两眼流出一长串泪水，双手捧着脸颊歪着头看向天空，旁边歪歪扭扭地写了几个字：妈妈，我好想你！她不觉一阵心酸。女儿怯怯地问："妈妈你累了吗？我给你按摩吧？"她搂着女儿说："妈妈今天去了赌场，输了三百块钱。"女儿太小，还不懂赌场是什么概念。但输掉三百元钱的事似乎听明白了。女儿抬起小脸天真地对她说："妈妈，那三百块钱是不是能买很多汉堡包呀？"因为那个时候，她每天晚上回来都会买一个汉堡包给女儿吃，这对女儿而言已经是很奢侈很快乐的事了。听了女儿的话，泪水止不住地从她的眼睛里流了出来，一种惭愧和自责袭上心头。作为一个母亲，怎么可以把年幼的孩子一个人放在家里自己去赌场？

从那以后，她再也没有去过赌场，即使有朋自远方来，也只是陪他们去看看风景，了解一下赌场的全貌，再也没有赌过，哪怕是单纯的娱乐。

爱和责任支撑着她走过了一段又一段艰难的时光。在泥泞里跋涉的时候，在疲惫中想放弃的瞬间，爱和责任教会了她坚强、坚持、坚韧不屈。

生活在一个视自由比生命还重要的国家，人的自律性是何等的重要。在对他人和社会付出爱和责任的同时，也是对自己最好的爱护。

拥有梦想
才有诗和远方
寂寞忧伤
道不尽儿女情长
诗为美丽奏响
爱为生命流芳
远方是挚爱的故乡

志在四方
一路充满阳光
勇敢顽强
不惧怕惊涛骇浪
学鲸傲视海洋
像鹰展翅翱翔
广袤宇宙传播热量

放下惆怅

地不老天难荒

碧波荡漾

孕育着侠骨柔肠

旅途人来人往

天地多情共赏

凡尘要用大爱滋养

痛

这个世界经常把人变成魔鬼，什么时候才能把魔鬼变成人?!

刚刚忙完客人，就听到外面吵得沸沸扬扬，大家冲出去一看，原来老板和几个朋友正对一个高个子男人大打出手。一个服务员正在拼命地阻止，而老板娘站在吧台里一边收钱一边不怕事大地喊着："狠点儿打，狠点儿打！打到他不敢再来为止！"一片混乱之后，也许打累了，老板停下手对那个男人说："我看你还敢不敢来！你来一次，我打一次！"被打的男人爬起来擦擦嘴说："你等着，过几天就让你关门！"说完便扬长而去。

大家七嘴八舌地议论着，不知道发生了什么事。这时那个服务员流着泪走了进来，经过上海女人再三追问，她道出了原因。

服务员今年三十出头，漂亮标致，温文尔雅，以最后一个家庭成员的身份移民到澳大利亚。一年前在一个偶然的场合认识了这个男人，在男人的猛烈攻势下，两个人开始同居。这个服务员的噩梦也就从此开始。

男人是九十年代初期以留学生身份留下来的，当时年仅二十四岁，正是充满阳光和激情的年纪。他离开待产的妻子，只身漂泊海外，渴望有朝一日荣归故里。可是，这一走就是十几年，并且在澳大利亚有了同居的女人和孩子。九十年代初期的这批留学生的家庭状况大多比较复杂。因为经济的原因，他们之中的很多人都经历了太多太多的苦难。刚开始的几年，十几个男男女女住在合租的房子里，相依为命，相伴度日。特殊的历史背景下滋生了很多复杂的问题。有的人战胜了苦难，功成名就，事业显赫；有的人被残酷的现实所吞没，颓废荒诞，心理扭曲。男人就是在这样的历史条件下，从青年走向中年，一切都已面目全非。

永久居留身份批下来以后，他担保他的妻儿移民到澳大利亚。于是，同侍一夫的两个女人和两个同父异母的孩子因为经济拮据而生活在同一个屋檐下，混乱而荒谬绝伦的状态是可想而知的。在两个女人先后离开他以后，他和这个服务员相遇并且很快同居了。起初，男人的山盟海誓让服务员深深陶醉，可是好景不长，没过多久，服务员发现男人和前面的两个女人仍然保持着亲密接触，不仅周旋在三个女人之间，而且半夜三更的不知道在和谁讲色情电话。和服务员在一起亲热的时候，也会讲一些很不靠谱的事情，甚至要求服务员在公共场所与他行男女之欢。一个月以前，他告诉服务员他父亲生病了，要赶回中国。服务员为他准备了很多东西，送他去了机场，之后的十多天他音讯皆无。服务员因为担心，千万百计地找他。经过百般了解，终于从他的朋友那里得知他回中国结婚去了，娶了一个想移民澳大利亚的富婆。服务员万念俱灰，经过几天几夜的痛不欲生的挣扎，终于痛下决心离他而去。

男人从中国娶回太太之后，却四处寻找已经主动搬出去住的服务员，并且纠缠不休。因为服务员拒绝见面，他便找到服务员工作的餐馆，起初在外面跪着求和，见没有什么效果，便强行闯入餐馆，于是发生了先前打斗的一幕。

听了这个悲催的故事，大家都沉默了。过了一会儿，上海女人一边气愤地骂着男人，一边对服务员说："这种男人，打死都不值得同情，你还去拦着，换成我不仅不拦，还会追加一棒子。人善被人欺懂吗？"

这个世界每天都在考验着一个人的善良。关于爱与背叛的故事每时每刻都在上演。曾经流行着这样一句话：没有爱情的婚姻是不道德的。那么到底什么才是真正的爱情？

爱情究竟长啥模样
为何寂寞为谁惆怅
抽刀断水水流何方
举杯消愁空对月光

不舍昼夜

阳光依旧，岁月依旧，老板娘的吼声依旧，大家的辛苦依旧。早上五点钟开始工作，晚上七八点钟才能收工，每个人都像机器一样不舍昼夜，在锅碗瓢盆的撞击声中分秒必争。有人说苦难是一所学校，可是这所学校培养出来的未必都是天之骄子，也可能是残絮败柳。

厨房里有两个年轻的帅哥，因为不堪生活的重负，曾经这样认真地聊过。一个问："如果现在遇到一个又丑又老的富婆，你会和她结婚吗？"另一个答："当然会，什么都有了，就不用再这么辛苦地奋斗了，只要不是丑到令我半夜做噩梦就好。"一个反问："你一周工作七天，应该赚很多钱了，为什么不买房？"另一个回答："当然不能买，我还没结婚呢，等结婚以后再买，这样是两个人出钱，现在买是我一个人出资，结婚就亏大了。"还没结婚就已经算计上了，这个婚姻能有多少幸福指数?

厨房里做"帮锅"的那个男人属于和她一样能拼又不

多言不多语的人。他一人打三份工，在这个餐馆做六天，晚上去别的地方做清洁，星期二休息的时候在另一餐馆洗碗。他的太太身体不好，有两个正在读小学的孩子，他一个人擎起家中的一片天，一个普普通通又顶天立地的男人。

在澳大利亚，有很多这样的人，也许在中国的时候，他们也曾出类拔萃。为了梦想远涉重洋，在这块陌生的土地上，英雄无用武之地，为了生活，默默无闻地从事着薪水较低却非常辛苦的工作。虽然不能大展宏图，却也在异国他乡开垦出另一番天地，让中华民族的勤劳智慧发扬光大，为澳大利亚的发展和发达写上了浓重的一笔。可以毫不夸张地讲，没有广大华人华侨的艰苦卓绝的努力，也绝不会有澳大利亚蓬勃发展、令举世瞩目的今天。她可以非常骄傲地说，她见证并参与了澳大利亚的发展和繁荣。

曾经的街道是窄窄的，曾经的住房是矮矮的，曾经的人民是慵懒的，曾经的商业是萧条的，曾经的风景是寂寞的，曾经的城市是清冷的。这一切的一切都在她的身边飞速发展着，她的生活和事业也随着这个国家发生着日新月异的变化……

在人的一生中，起决定性作用的不是外部的环境如何，而是自己的内心世界是否足够强大。

心怀梦想

荆棘丛生路难挡
志在千里涉重洋
把杯问盏也癫狂
一路放歌自豪放

望洋兴叹

登高望远忆当年
壮志未酬心不甘
青春已逝梦未圆
身在曹营心在汉

此情难绝

多情自古伤离别
大江东去浪难歇
古今中外爱难写
前世今生曲不绝

盛开在大漠深处的小花

经过相关工作人员几个月的艰难谈判，国内的生意终于整合完毕，虽然损失了大笔资金，但也没有伤到元气，恰好附近一家中餐馆待售，她决定两个月之后将之买下来。这天下班，几位员工相约去悉尼市中心一家文化社听歌。

说是文化社，没有一点文化的雅韵，倒是几台老虎机优雅地立在那里。房间大概二百多平方米，大家零零散散地坐在那里，绝大部分是华人，只有几位洋人。她们几个人坐下后不久，一男一女从座位上走到前面，男人大概四十多岁，说了几句开场白，一起走过来的女人开始演唱。这时她忽然发现，这女人原来是中国大陆著名的歌手，几乎家喻户晓。她演唱的歌曲很多中国人耳熟能详。唱了约两个小时，男人偶尔穿插一首。整个演唱过程，少了几分妩媚，多了一点沧桑。个中滋味只有歌者自己清楚。曾经的辉煌和光环不在，曾经的追随和拥戴不在，曾经的青春和活力不在，曾经的鲜花和掌声不在。剩下的是阳光和沙滩？抑或是眼泪和遗憾？没有人会在意，也没有人会好奇。在这块广袤无垠、美丽空旷的土地上，没有人会在乎你是谁，或者你曾经是谁，你怎样生活，或者你想怎样生活。最重要的是你现在是谁？你希望自己是谁？你生活得快乐吗？你是否能够坦然面对和接受你所要面对和接受的一切？！

一个人的伟大，不在于掌声中的自信，而是落魄时的笑容。

人生处处险峻
道路颠簸困顿
广厦万间难寻
大庇寒士受困

没有鸿鹄之韵
也要叱咤乾坤
无法与龙共饮
至少与海同魂

一世笑傲风云
踏破万丈红尘

即使华丽转身
仍然气吞万军

岁月平添年轮
壮志豪情难陨
在天舞出祥云
在地绿草护春

唯有法律是至高无上的

在澳大利亚，由于人口居住分散，很多地方的交通不是很便利，所以驾车就成了必需的出行方式。法律的至高无上性和法律面前人人平等是澳大利亚法律极为突出的特点。除了系统完善的法律体系，有法必依更是成效卓著。澳大利亚的交通法规非常严密而细致。因此，虽然道路上见不到一个警察，但交通井然有序。对于违章和超速行驶、违章停车等行为，处罚非常严格，严重者还要坐牢。她打工的那个餐馆的老板，曾经是中国南方某出版社的编辑，刚来澳大利亚的时候，仗着自己财大气粗，明知违章仍坚持停车，把在中国养成的不良习惯原封不动地搬到了澳大利亚。连停两天被罚两千多澳币，心疼之余只好乖乖地遵守。

在澳大利亚，有钱你尽管任性，他一定会罚到你“破产”，你可以尽情地把钱铺在车下面，澳大利亚一定会让你所有的钱变成废纸，于是乎再没有人敢如此放肆。在食品安全方面，随便什么食品，必须标明产地、生产日期、保质期、成分、需要特别提示的内容等，你敢造假，出售过期食品等，他一定敢让你倾家荡产，无论你是谁。澳大利亚在执法方面的严谨和完善是值得很多国家参考和借鉴的，随便什么方面的法律法规，一旦触犯，没有人敢说情，没有人能说情，也没有人有机会说情。

澳大利亚的法律面前人人平等，不是停留在表面，而是落到实处。有一天早上她去看病，因为情况紧急，所以没有注意到有关停车的特别要求。从诊所出来，正好遇到管理人员在写罚单。经她再三解释，管理人员客气地请她在罚单后面签字，并且告诉她签完字之后他会寄给相关部门处理此事，他没有权力做任何更改。于是，她看也没看就在管理人员指的地方签了字。估计当时看也不一定能看懂。

良好的社会秩序需要靠完善而有力的法制来保障。

走过沧海桑田
道义柔情共担
历经雷鸣电闪
坚守初心未变

鸿鹄志在蓝天
凡尘俗世看淡
心装万顷江山
生为和平呐喊

法律面前人人平等

签字也就算了，重要的是她签字的那一栏有问题，不知道当时她和那位管理人员什么地方交流的不明确，总之，一个月以后的某天早上，她接到了一个电话："我们是Burwood地方法院，你是×××吗？"她答："是的。"对方："请你于10月13日上午8点准时出庭。"她差一点吓出冷汗，急忙问道："什么事情？为什么让我去法院？"对方："不是你告的警察局吗？"她愣愣地问："我什么时候告过警察局了？"对方："我们收到了有你亲笔签名的状告信。"她有点哭笑不得，愣了半天后说："我签错了，因为内容没看明白，可以取消吗？"对方："不可以。"她："我可以不去吗？"对方："不可以，你必须准时出庭。"她知道再说下去也没有任何意义。只好勉为其难地说："好吧，我知道了。"对方似乎又想了想说："以后签字之前一定要看看清楚，在澳大利亚不可以随便签字，签了就发生法律效力。"她颇为懊恼地说："知道了，多谢！"

这绝对是她来澳大利亚做的第一件“惊天动地”的事。这件事让她至今为止都不敢轻易在文件上签字，凡涉及签字的事，一定要认真看看清楚或者会晤律师。

在澳大利亚，无论什么人，接到出庭通知，无正当理由必须到庭，否则处罚非常严厉，这绝对不是个可以“任性”的事情。她只好硬着头皮准备上庭。

开庭那天，她一个人面对四个强悍的警察和警察局的律师团队。她没有请律师，因为律师费用太高。她认为，这么小的事情，最多罚款再加上承担法庭费用，也不会把她怎么样。她也没有任何人可以商量，只好只身去赴“鸿门宴”。

人可以心大，但不可以心粗。有些事情的粗心大意会给自己的生活甚至人生带来不必要的麻烦，毕竟运气不会始终跟随着你！

这是个普普通通的法庭，建筑风格透出欧式的典雅，法庭几乎座无虚席却鸦雀无声，体现了绝对的庄严肃穆。每个进出的人都向法官行礼，标准不一，有的行四十五度的礼，有的行九十度的礼。每个出去的人都是退着出去的，保持面向法官和法庭，充分体现了对法官和法律的尊重和敬畏。她学着其他人的样子，行好礼之后静静地找了个位子坐下。她是今天法庭内唯一的一个亚洲人，其他全部是金发碧眼。

庭审开始。主审法官是一位四十岁左右的洋人，他操着浓重的男低音先问了一下她的名字、出生日期、出生地、国籍等，声音太低，勉强能够听到。她一一作了回答。接下来法官问："你需要翻译吗？"她答："如果有的话最好。"法官："你说什么语言？"她："中文。"法官："中国粤语听得懂吗？"她："听不懂。"法官："今天没有中文翻译，如果你一定需要翻译的话，就只能择日开庭。"她一听要择日开庭就急了，马上说："法官大人，我可以听懂，不需要翻译了，请您继续吧。"她想：能否听得懂并不重要，胜败也无所谓，只要赶快审理完此案就好。她可不想在这异国他乡，因为这点小事和警察局搞不清楚。法官："你确定你不需要翻译吗？"她："是的，法官大人，我确定。"于是，庭审继续进行。法庭上，她如实陈述了没有按照规定停车的原因和理由，并呈上医生出具的看病证明。她讲的很慢，也不确定法官是否能够听懂，甚至她自己也不敢确信自己是否讲明白了。但是她尝试着能够讲清楚一点。虽然她不想和警察局较量，但是她已经来到这里了，她需要维护自己和自己作为中国人的尊严。她和警察局的律师经过几个回合的陈词和辩论之后，法官请法警出示证据请她确认。当法警拿过厚厚的文件让她看时，她有点头晕，厚厚的至少三四十页的文件，她不知道从何看起。十分钟之后法警过来取文件，问她："看好了吗？"她："看好了，我已签字。"十分钟之内她哪里看得好那么多文件，估计也看不懂，签吧，反正也没什么大不了的。法警把她签好的文件呈给法官。法官迅速地看了一遍，确认无误之后开始了大约十分钟的总结和宣判，并当庭宣判她胜诉，无需承担任何费用，警察局败诉。当法官宣读判决书时，法庭几百双眼睛同时看向她并给予了长时间的掌声。那些目光充满了支持和友善，那些掌声是对法律的公正性的赞赏和尊敬。她愣愣地站在那里，一股暖流涌向全身。这是她迄今为止唯一的一件始料不及的事。当初，如果她看懂了罚单背书的内容，她是坚决不会因为几十块澳元的罚款与强有力的澳大利亚警察局抗衡。

这就是澳大利亚，一个温暖、平等、祥和、井然有序的国家。

一个国家是否适合人类居住，不是看这个国家的富人有多么的奢侈与跋扈，城市有多么的繁华与亮丽，而是看生活在金字塔最底层的广大人民群众的利益，是否能够得到最大限度的保护。只要你不是贪得无厌，只要你不是嗜赌如命，只要你不是痴迷酒色，只要你不是好吃懒做，“大庇天下寒士俱欢颜”的梦想，在这块曾经的囚犯流放地足以得到充分的体现。

无论走在城市或乡间
每一处都是精美的画苑
每一幢建筑都是一幅绝妙的长卷
犹如老妇人在讲述着很久很久以前
又似小女孩在低吟着很美很美的明天

历史浸透在笑容之间
传说萦绕在静静的湖畔
涓涓的溪水清澈缠绵
闪烁的星光多情善感
蓝天
多了几分浪漫
沙滩
多了几分悠闲

情

她很怕动物，尤其是狗，从小到大经常梦到被狗追赶着，仿佛世界末日一样的恐惧。来到澳大利亚以后，她被迫和狗走得越来越近，成了“远亲”和“近邻”。虽然一直恐惧着，但几乎每天都会和狗狭路相逢，而且还要强颜欢笑，故作礼貌，否则不仅会惹恼狗的主人，还会被看做没有素质。

澳大利亚是世界上唯一没有狂犬病的大陆，可谓“狗的乐园”。澳大利亚人宠狗举世闻名，而且狗的品种很多，大的、小的、老的、少的、丑的、俊的，一律“温文尔雅”，迈着“悠闲”的步伐，亦步亦趋地跟着主人，或蜷缩在主人的怀里。有的狗还穿着漂亮优雅的衣服，而且有一个非常好听的名字。

在澳大利亚，很多超市都有狗的用品、食品专柜，还有设计精美、材料考究的狗的房子、玩具等物品。有专门的兽医诊所，有充满爱心，业务精湛的兽医队伍。总之，狗等动物的待遇绝对不亚于人。

在澳大利亚，你可以养狗，养猫，养……只要符合要求，随便你养多少，但与此相关的法律法规也非常健全。你要像尊重人一样尊重和善待它们，这是澳大利亚对生命的最高境界。除此之外，澳大利亚也强调生命的彼此尊重。这一点有效而充分地彰显了这个民族的博爱与厚道。

一次去公园散步，看到一只高高大大的狗大摇大摆地走向她，吓得她撕心裂肺地大叫并犹如末路般狂奔，跑着跑着回头一看，那狗根本就不屑理她，自顾自地在那左顾右盼，应该是寻找他的主人。朋友见状笑得前仰后合。他们告诉她不用担心，那些狗不会对人构成威胁，而且主人会看护得很好。

澳大利亚对养狗等有许多法律规定，比如每年一次的宠物登记制度。养猫养狗者必须每年一次向市政厅登记并领取一个牌儿，上面刻着号码，这个牌要挂在狗的脖子上，也便于政府掌握它们的情况和处境。这些法律法规执行起来也非常严格，违者会有相应的罚款。对狗的爱护和珍惜体现在方方面面。

一次，她去一个商铺买东西，门口突然冲进来一只比她的体积还大的狗，它冲进商铺之后马上一脚门里、一脚门外地躺在地上，貌似晕倒状。她被吓得半死，偷偷窥视了一会儿，以为狗生了什么重病。店主是一位上了年纪的洋人，他很有经验地上前看看狗的颈部，并在颈部挂的牌子上找到了电话号码，他打了电话过去，告诉对方狗在他的店铺，并详细通报了店铺的地址。因为好奇，另外狗扑倒在店门口，她也不敢出去，索性就看看接下来会发生什么事情。

大概七八分钟左右，一个当地人开车赶到，接下来发生的一幕足以让人记忆终生。只见那个扑倒在地，似乎病入膏肓的大狗突然间神采飞扬地站了起来，兴高采烈地走向主人，身手敏捷得和先前判若两样。她有些无语了，望着那条狗上了主人的车并随着主人离开，她久久无法释怀。店铺的主人似乎看出了她的疑问，便笑着对她说："这些狗都是主人训练出来的，主人训练它们如果走失了就向着有灯光的房子去，但是不要完全进到房间里，而是身体的一部分在房子里，一部分在房子外，这样的话房子的主人就会按照狗颈部牌子上写的电话，找到狗的主人，又不会有机会伤害到它们。这种细致入微的关怀，足以体现了澳大利亚人对狗的浓浓的情怀。

有一天，当女儿抱着一只小狗回家以后，她终于深深地体会到澳大利亚人为什么会对狗有着如此深厚的感情……

无论从哪个角度讲，澳大利亚都是一个非常厚道的国家，至少现在是这样！

很久很久以来
你给了我太多的关怀
殷殷的期待
陪伴我走到现在
每一次风雨雾霾
你都在前面挡开
你用博大的胸怀
原谅我所有的耍帅
没有表露一丝的无奈
我说去看海
于是你带走了原有的云彩
让我饱览无限的精彩
谢谢你的爱

温 暖

这是个很小很小的小狗，白色的毛非常地漂亮。它很黏人，每天都围着主人走进走出。它非常的警觉，对主人及其家人的声音非常地熟悉，只要听到异样的声音，就会奋不顾身地冲上去，不惜一切代价保护主人及其家人的安全。有时候，望着这个小小的毛茸茸的东西，她就想：这个小小的东西在想些什么？它凭什么用它弱小的身躯去为主人及其家人抵御风险？也许就是一种爱，一种忠诚，一种本能，一种心意。而人类恰恰就是缺少这种忠诚，这种爱。

渐渐地，她和小狗产生了浓厚的感情，每天下班，她都要和等待她的小狗聊上几句，摸摸它的身体，拍拍它的脸颊。而小狗也会亲亲她的手，舔舔她的衣服，拍拍她的背。每天早上起床，一推门就会看到小狗在门外等她，并乖乖地跟着她。出门前她会对它说：“宝贝，我去上班了，晚上再和你聊。”小狗就会很乖地目送她开车离开。这种互动让她倍感温暖。它成了她每天的快乐和期待，她成了它生存和保护的理由。

这个世界，每天都在上演着一个又一个狗与主人的故事，那份忠诚和挚爱，为地球上的每一个冬天，增加了一丝暖意。

人类现在越来越聪明，却越来越自私，越来越冷血，越来越贪婪。在物质高度发达的今天，仿佛缺少了这样一种温暖和关怀！

你的目光盛满了温暖
爱和忠诚胜过万语千言
为了主人的安全
你一生勇往直前
你的情感
是对人类的宣判
没有爱恋
地球哪有春天

含笑的泪水

应该说，她有一定的商业天赋，虽然人有些单纯、清高、浪漫，但却有一定的商业敏锐性和经商者所必须具备的果敢。经过一番磋商，她买下了附近的一家餐馆。这天，是她去餐馆上班的最后一天，过了今天之后，她就要去经营自己的生意了。

晚上七点多钟，正忙着，老板和老板娘突然吵了起来，先是你一句我一句，后来声音越来越大，吵着吵着老板手中的炒勺就飞了出来，险些砸到老板娘的头上。老板娘也不甘示弱，于是，一场夫妻大战就这样展开了。吵得人仰马翻。也许这种场面大家见多了，所以也能保持镇定，吵到最后，老板甩门出去了。于是，一切又恢复了平静，只有餐厅里不时传来的客人催菜的声音和服务员不停地道歉的声音。

生活在澳大利亚的华人，尤其是第一代移民，每个人都有一本辛酸史。表面上是光鲜的，暗地里连擦眼泪的时间都没有。虽然澳大利亚的最低工资标准是全世界最高的，但是这里毕竟是讲英语的国度，而且很多工作都必须持证上岗。由于语言的原因，很多外来移民根本没有办法找到好的工作，只好去拼体力，吃尽千辛万苦。如果没有一定的经济基础，想做个生意也难，前期的投入很大，一般性的生意银行也不给贷款。她打工的这个餐馆，老板和老板娘都是举债十几万澳元才开始的生意。不仅要担忧生意状况、员工管理，而且每天都要工作十四五个小时，精神和身体都已超出负荷，稍有不顺心的事便一触即发，吵得鸡犬不宁。

每个人都这样拼死拼活地工作着。那个一度出手帮她的女人，因为不堪重负终于病倒了，已经在家躺了一个多月。当初在中国的时候，女人是一名中学老师，虽然不算什么成功人士，却也比上不足比下有余，每天过着优哉游哉的日子。为了能够移民到澳大利亚，女人贸然地嫁给了一个大他二十多岁的澳籍华人。来到澳大利亚以后，才知道男人是个赌徒，嗜赌如命，任她一个人怎样地拼死拼活，生活始终没有起色。那天，女人给老公四百澳币去买洗衣机，结果老公全部送给了赌场，女人一气之下就病倒了，从此再也没有起来。

那个帮厨，几年前来澳大利亚留学的时候，曾经也是风华正茂，意气风发，连续遭遇几次持枪抢劫之后，心理就此留下了阴影，在任何情况下都保持着高度的警觉。当一个人失去了对周围、对环境、对外界、对他人的信任的时候，世界在他的眼里一定是阴冷阴冷的。这种痛苦和无奈是正常人无法体会的，但愿时间能治愈这种疼痛。毕竟还活着，不是说只要活着就有希望吗？!

这个世界很难说哪里是绝对的好，哪里是绝对的不好，只有适合或者不适合。任何一个国家或地区，对于生活在最底层的劳苦大众来说，都是艰难的。可是有谁能够认真地想过：这个世界，没有这些劳苦大众，它是什么？它又能是什么？人民，只有人民才是创造世界的主人，可是，这些主人却永远活得异常辛苦！

耗尽一生守望着布满荆棘的小径
披肝沥胆呵护着缠绵古老的爱情
历经千辛万苦沧桑巨变萍踪侠影
目睹世间凄风苦雨红尘寡义薄情

笑傲江湖特立独行俯瞰崇山峻岭
每个年轮都盛满似水般侠骨柔情
饱蘸着岁月写出亘古不变的隽永
如泣如诉演绎着千古一梦的痴情

母爱的魅力

餐馆静悄悄地开业了，没有鲜花，没有仪式，没有宾朋，没有掌声，只有陌生的厨房和陌生的员工。她原本就是一个低调的人，又生活在一个低调的国度，于是一切都在低调中完成。可是，生意却无法低调，一开门就熙熙攘攘，仿佛全悉尼的人都簇拥而至，令她颇感困惑。

真是一个应顾不暇的星期天，不仅座无虚席而且几乎每张桌子上都摆放着各色鲜花，整个餐馆充满了诗情画意。屋内落座的客人激情澎湃，屋外排着长队的人喜气洋洋，整个空间都充盈着笑声，涌动着暖意。不知道的还以为这个场面是开业庆典，实际上却是一场偶遇，因为今天是母亲节！大家从四面八方汇聚到母亲的身边，为母亲设宴，发自内心地恭祝母亲节日快乐。

她的运气好得没话说，因为她正巧今天开业，根本没有刻意安排，况且，她忙得根本不知道这个星期天是母亲节。上天对她的厚爱是由来已久的，而且在以后的日子里，一直是有增无减。

她一边忙碌着，一边感动于众多母亲的幸福和快乐。在这个普通而伟大的日子里，整个世界都充满了对母爱的最高敬意。这是对无怨无悔的大爱的最真挚的崇拜。这是一个用心凝聚的无比盛大的节日，每一个人的行为都在讲述着关于爱的故事。仅仅是因为爱，让苦难变得闪闪发光。而她的餐馆就是在这样一个祥和而喜悦的气氛中走出一片诚信的天空！

真爱总是让奔跑的人情不自禁！

每个人都有一段最美好的记忆
那一定是躺在母亲温暖的怀里
无怨无悔的爱是所有人的希冀
母亲节应该是这样的一种定义

澳大利亚人用朴素将爱心演绎
盛开的鲜花装饰出母亲的美丽
真爱总是让奔跑的人情不自已
放下一切也要向母亲身边聚集

没有什么催人泪下的豪言壮语
也不会用金钱来表达内心感激
把母亲节过得比情人节还瑰丽
是对母亲无私的爱的最高敬意

做最好的自己

她的餐馆以中餐为主，综合了当地人的口味进行了适当的改良。在当时的悉尼，也算初具规模，很快便迎得了四面八方的客人。有的客人每周都要开一个多小时的车赶过来品尝。“用心制作食品，用爱打造品牌”是她的经营理念。厨房出品的每一道菜，她都严格参与把关，每一款点心她都要亲力亲为。一些认识她的人或者经常光顾的客人，都以为她是专业面点师出身，因为她亲自调制的馅料和面点深受顾客的欢迎。没有人会想到，在移民澳大利亚之前，她几乎没有进过厨房。

人生在世，重要的不是你曾经做过什么，你能做什么，而是你现在在做什么，你能够做好什么。她是一个极其普通的女人，甚至普通到经常流泪，不敢一个人面对黑暗，不会和人吵架，甚至被欺负、被欺骗、被诋毁时，也不会站起来反击。但是，她身上有一个长处，那就是活在当下。遇到什么困难，解决什么困难，遇到什么问题，解决什么问题。她始终认为，工作没有高低贵贱之分。一个人最大的优点就是，无论你现在做什么，都要竭尽全力把它做好，做到极致。而要达到这一目标，首先要用心去做，用感情去做。把爱融入到一件事情的时候，想做不好也难。

开业一个月以后，正当一切逐渐步入正轨的时候，一件突如其来的事情发生了……

倘若天空还有太阳
证明世界充满希望
挥汗如雨又有何妨
享受失眠放飞梦想

阳光明媚洒在地上
想躺就躺无须慌张
细读慢品好好欣赏
没有阳光遍地苍凉

敞开心扉就是天堂
张开双臂快乐无疆
感恩今天霞光万丈
祈祷明朝世界艳阳

有惊无险

一天下午两点左右，刚刚忙完客人，突然进来十几位非常严肃的人，从他们递上来的文件上她了解到他们是法院派来的，目的是为了查封该餐馆。她非常诧异地问：“这个餐馆发生什么事情了？”来人很不客气地说：“该餐馆的老板欠债跑路了，他们要查封此店作为还债。”她问：“这是多久的事情了？”来人：“两年左右了。”她说：“你们先等一等，我是这个餐馆的现任老板，之前发生了什么事，我不是很清楚，我和中介机构（房子的管理者）了解一下发生了什么事情。”于是，她打通了中介机构负责人的电话，将情况反映给了对方。中介负责人说：“是有这回事，你请法院的工作人员到我办公室来，这件事和你没有关系，不用担心，我来全权处理。”她把情况和法院的工作人员讲了，他们听明白之后就撤出去了，不过表情比较复杂，没有一丝的好感。

后来她了解到，这个餐馆的前任三个老板的前任，也是三个老板，因为经营不善，餐馆严重亏损，最后负债累累，三个老板全部跑路，留下一堆债务问题没有理清。导致很多债权人联合起诉，可至今没有结果。于是就出现了前面的一幕。好在这是个法制国家，冤有头，债有主，否则麻烦就大了。一些国人还真的有些本事，不仅在国内演绎这种欠债跑路的故事，在遥远的异国他乡，照演不误。所以，她身为中国人，也不能不醉了。这些人为什么就不能多留些好的口碑。

很多不了解真相的人会心生疑问，这个女人是什么来头？这个餐馆有太多的故事，第一任三个老板赔了太多的钱跑路，第二任三个老板干了几个月，生意不怎么样，最后也卖了。她一个女人，凭什么本事做这个投资？敢在这么复杂的环境下去挑战那些经验非常丰富的男人？传说往往就是在这样的状态下产生并延续的。这个餐馆的确有些奇怪，故事就此林林总总地展开了……

诚信是做人的根本，一个连诚信都承担不起的人，他还能承担起什么？

她和生命有过一个约定

渴望领略一路上的风情

朝霞中享受着云淡风轻
落日下欣赏着沿途风景

左面山右边岭踯躅前行
前面雨后边风淌着泥泞
湖光山色也要保持冷静
风雨兼程权当为己助兴

快　乐

由于高昂的房租和人工费，在澳大利亚做老板非常辛苦。不仅要劳心费神，而且凡事都要亲力亲为。随便你去哪个店，那个最辛苦，干活最利落，流汗最多的人一定是老板。

为了降低营运成本，每个星期六的早晨，她都要开着车去悉尼最大的水果和蔬菜批发市场进货，要像男人一样把一箱一箱的货搬到车上，然后开车送到餐馆。弱小的身影常常要穿梭在男人的世界里，像男人一样地活着、挣扎着，偶尔也会有一丝丝凉意袭上心头。慢慢地她读懂了男人的重负和坚强，体会到了男人笑容背后的故事。走在熙熙攘攘的人流中，她常常会滋生出一种莫名的感动。而这份感动又会化作无穷的动力，支撑她在人生的旅途上快乐地奔跑着。

每次去菜市场，她都会分别到那几个年迈的老婆婆那里买韭菜、核桃、卷心菜、西红柿等。那几位婆婆真的很老很老了，脸上横七竖八地爬满了皱纹，动作缓慢而微颤。

她们一个人或者两个人守着一个大摊位，大概都是八九十岁的人了，但精神却异常地矍铄。每次有人过来买货，她们都会非常开心地付货、收款、找零，时不时地还会和顾客聊上几句。一脸的灿烂和幸福。每周她都会拼命地挤到她们的摊位前，努力地多买一些东西，不由自主地想帮帮她们。可是老婆婆的笑容和幸福感反而深深地感染了她，帮助了她，冲淡了她内心偶尔泛起的酸楚。一次，她悄悄地问那位卖韭菜的婆婆："您这么早就出来卖货不累吗？"老婆婆笑容可掬地说："累呀。不过生活本来就是这个样子，能动的时候就要自食其力。我能干活，能赚到钱，说明我还有价值。"她突然觉得老婆婆那忙碌着的、微驼的背影，散发着特殊的魅力。

在这个巨大的市场里，容纳着来自世界各地，肤色不同，面孔各异的商家，无论是身价过亿的农场主，还是腰缠万贯的厂商，抑或是一贫如洗的打工仔，他们的脸上都不约而同地流露出快乐和喜悦，他们的叫卖声此起彼伏，充满着激情和活力，如同美妙的旋律在空气中流淌着……虽然天还没亮他们就已经开始工作了，但从他们的脸上看不出一点倦意。他们很简单，努力向来往的客人推销自己的货物。他们也很满足，只要顺利地卖出摊位上的货，他们一周的生活就解决了，虽然辛苦，却也乐在其中。也许他们并没有什么“伟大的理想”，也没有什么过分的奢望，无论男女老少，就这样年复一年，日复一日地靠自己的劳动努力生活着。朴实的一生，快乐的一生，无欲无求的一生，也是无怨无悔的一生。因为精神上的充实，所以可以无视辛苦；因为内心的强大，所以可以享受平凡。

每个星期六，她都会到这些看似普通的人群中充充电，体会着平凡的魅力。

如果你能用心去体会生活，你会发现，每天都有一点点让你感动的事情发生，这些来自于身边的普通而平凡的故事，会让你自觉或不自觉地快乐和坚强。人生在世，不一定非要活得轰轰烈烈，平平淡淡也同样会活出令自己心满意足的精彩。

生命偶然间的邂逅
精神一天天地富有
将快乐珍藏在胸口
人生不需太多奢求

好好活着就是理由
荒漠绿洲尽情享受
跑不动就慢慢地走
幸福无需任何借口

规　则

围绕着这个餐馆的故事也算是异彩纷呈。不知道前任的几位老板是有意还是无意，即使有意也无可厚非，在商业运行中，每个投资人都会最大限度地规避自己的风险，保护自己的利益。所以才有“无奸不商”之说。虽然不敢恭维这句话，但是在商业运作中，时刻保持清醒的头脑，在法律范围内，最大限度地保护自己的利益不受侵害，绝对是重中之重。在这个领域中，来不得半点马虎，开不得半点玩笑，浪漫情怀更不起作用，否则一定会“死”得很惨。正所谓商场如战场，稍微疏忽，极有可能被“杀”得“片甲不留”！

她过于浪漫和感性，在商业运作中缺乏严密性和深思熟虑，这注定给自己的商业之路埋下风险和隐患。

开业不久后的一天，一位在澳大利亚政府部门工作的朋友过来吃饭，饭后和她聊了几句。朋友：“这个店你买了不久吧？”她：“嗯，几个月吧。”朋友：“你租用的这个地方曾经计划拆迁你知道吗？”她一愣：“不知道啊。什么时候的事？”朋友：“计划一年前就通过了。”她惊问：“那不是很麻烦吗？”朋友：“是啊，因为房子是租的，如果拆迁的话，根据租赁合同参照相关的法律规定，补偿是很少的，这么多的投资，你的损失会很大的。”她忙问：“我不知道呀，那我该怎么做？”朋友：“你能怎么办？你买的时候为什么不请律师查查清楚。”她：“买的时候没请律师，成交以后做合同时才委托律师办理的。”朋友：“你太欠考虑，这是法制的国家，一切都要按法律程序办，这样才能最大限度地保护自己的利益。你运气太好了，否则，这次你又要遭遇不必要的损失了。”她：“怎么讲？”朋友：“你自己去政府部门了解一下就知道了，我暂时留个悬念，你自己了解之后就明白自己有多冒失了。”朋友说完诡异地笑笑离开了，留下了疑惑不解的她。

第二天上午，她急不可耐地去了政府相关部门了解情况。这一了解，的确让她大吃一惊。原来，一年前，她的餐馆所在地的几个房子都计划拆迁，属于政府规划，必须执行。她买这个餐馆的时候根本就没有认真了解，如果政府部门按原计划进行，她的损失一定很大。她的运气着实不错，在施工之前，由于政府自身的财务原因，计划做了部分修改，于是她的这个餐馆得以保存下来。她又一次有惊无险。

上天在关键时刻，总能向她伸出援手。这个故事让她想起了几年前在国内时发生的事情，同样也是商铺，生意红红火火。但她预感到这个地方的生意不会长久，政策生变只是迟早的事。她当机立断决定把商铺卖掉，因为生意红火，所以很快就成交了。几个月之后政府就出台了一系列改建计划，取缔了现有的一切商铺，挪作他用。虽然她对买家心存同情，但此事与她无关，对方买之前政府还没有这个计划。中国政府的行事风格相当迅速，有时候，一夜之间就会出台一项重大举措，而且实施起来更是雷厉风行。

上天总是在最紧要的关头，帮她躲开风险。虽然她非常好运地躲过一次又一次的困境，但对于自己缺乏深思熟虑的行为，反思是必需的。

良好的商业运作，除了果敢、智慧、良好的商业技巧，缜密的思维也是至关重要的，毕竟运气不会永远伴随你左右。

习惯了不说痛

脸上洋溢着笑容

穿行在春夏秋冬
学会了水火相融
心似彩虹
舞出一片天空
月色朦胧
是谁在呢哝

读　书

澳大利亚人很喜欢读书，大到花甲老人，小到襁褓中的幼童，他们经常随身携带一本书。在沙滩边，在火车上，在公园中，在餐馆里，随时随地都能看到他们认真阅读的身影。那些看不懂书的幼童，家长也会为他们准备可以任他们乱涂乱画的书和笔。无论你走到哪里，只要有购物中心，一定有书店可供读书和浏览。每个书店都有供小孩读书的区域。除此之外，澳大利亚可供读书的学校和图书馆非常多，政府为了鼓励民众读书，不仅提供学费的减免或优惠，同时还给予优厚的读书补助，只要你喜欢，你可以尽情地读书，可以用一生的时间去读书，绝不会因为读书而威胁到生存。这种良好的读书条件和氛围，培养了他们温文尔雅、关注健康、关心他人、关爱社会、热爱生活、开朗乐观的良好品性。在她的餐馆里，经常会看到带孩子来吃饭的客人，刚刚坐下，孩子们马上把书本放到桌子上开始认真阅读，直到开始用餐。餐后又开始认真读书，直至离开。用餐的客人一边用餐一边读书的情况更是司空见惯。

记得有人说过：一个人的精神发育史，应该是一个人的阅读史，而一个民族的精神境界，在很大程度上取决于全民族的阅读水平。一个社会到底是向上提升还是向下沉沦，就看阅读能植根多深。一个国家谁在看书，看哪些书，就决定了这个国家的未来。读书不仅仅影响到个人，还影响到整个民族，整个社会。读书的目的决定读书的内容，而读书的内容又会影响行为的取舍。拥有健康、快乐、宽容、虚怀若谷的人生，就是成功的人生。而读书恰恰可以修炼这样的人生。书读多了，世界看懂了，烦恼看透了，生命自然就看明白了。所谓没有爬不过的山，没有蹚不过的河，就是这个道理吧。

很多现代人，书看得越来越少，钱赚得越来越多，房子住得越来越宽，脾气却变得越来越坏，心情也越活越沉重。视野越窄，心胸也就越狭隘。人性越是自私，越是纵欲，生命就越是纷乱，越是无度。人活着的目的是什么？难道不是为了好好享受自然，享受愉悦，享受生活的吗？怎么活着活着连味道都变了？

记得她小的时候家里太穷，在一座很小的城市，一家三代五口人，住着一间报纸糊着窗户的十几平方米的房子，那时因为读书的环境太吵，她多么渴望能有一间属于自己的小屋，哪怕只有两平方米，也是她今生最大的幸福。如今，她生活在世界上最好的城市之一，拥有着占地一千余平方米的大房子，她的快乐指数有多少呢？

她所见到的大多数澳大利亚人，他们的精神世界丰富多彩，他们喜欢与书为伴，他们从书中找到豁达与宽容，他们从书中找到生命的精髓。虽然他们不一定富有，但是他们却生活得很快乐。

能放下一点功利去读书吗？读书并且快乐着！

书籍就是力量。没事到图书馆走一趟，而不是电影院，不是大街上。人生的幸福和快乐，来自于精神上的富有，与物质无关。

就这样慢慢地走
无需手牵着手
从冬走到秋
陪着你天长地久

心是最好的守候
爱是最醇的酒

情存在胸口
唱响生命的节奏

轻轻地握笔在手
写尽我的温柔
书是我所有
陪伴着你到白首

微风拂起了暖流
抚平道道伤口
无意的问候
掠去岁月的烦忧

真正的平等

在澳大利亚做生意，由于种种原因，有些事情不是老板想做主就能做主的，有些时候，不是老板给员工立规矩，很多规矩是员工给老板立的。在某种程度上，澳大利亚更像是社会主义国家，工人主人翁的地位不是体现在口头上，而是确实落在了实处。众多的规矩，如果老板稍有违反，小则员工罢工、辞工、游行，大则惊动政府相关部门，众多的麻烦就会时不时地找上门来。在这块自由而又欠缺劳动力的国土上，做老板的艰难是笔墨难书的。没有哪个老板是趾高气扬的，没有工人干活，给谁当老板？即使是总理，在平民百姓面前，也要恪守规矩。否则，没有百姓支持，给谁当总理？！

刚刚在澳大利亚投资做老板的她便深深地领教了员工的厉害。那个时候，中餐的营业时间一般是上午十点到晚上十点，员工轮流休息。员工一般在上午十一点左右用餐，下午五点左右用餐。偶尔这个时间段会有少量客人进来用餐。她认为，厨房的师傅可以轮流用餐，毕竟营业时间内要以客人的需求为主。厨房的几位师傅资格比较老，个性也比较强，对于一个“什么都不太懂的女流之辈”多少有点儿轻视。于是，他们决定给她个下马威。连续几天的十二点之前拒绝接单。刚开始的时候，她没有表态，不想刚刚开店就把矛盾激化，一直保持沉默。这种局面持续几天之后的一个中午，在员工用餐快结束的时候，来了两个客人。师傅用过餐之后应该可以接单了，但是，他们认为十二点之前不应该接单，大家相持不下，矛盾终于升级。一直柔柔的她终于拍桌而起，非常严肃地问师傅：“现在是工作时间吗？”师傅：“是的。”她：“现在我有支付你们工资吗？”师傅：“有。”她：“澳大利亚哪条法律规定，拿了工资可以不干活？我是这个餐馆的投资人，其他任何人都没有权利为这个店立规矩，新店新章。我会按照你们的水平和位置，配给你们业内合理的工资，如果你们哪个不想做，请你们离开。如果有谁想要马上离开，我绝不挽留，马上支付工资。有谁想给我立规矩，对不起，请你马上走人，我情愿休店一段时间。”沉默，她突如其来的反应令全体沉默。

她起身对一个服务生说，如果都离开，你就帮我锁门，我出去走走。她准备绝尘而去，骨子里的强硬充分展现出来，这个外柔内刚的女人，硬起来也许男人真的不是她的对手。软的时候她会无所顾忌的流泪，硬的时候她无惧赴汤蹈火。当她走到门口，师傅们马上追了出来……她平时对得起大家，这是众所周知的。这些闯荡江湖的人，本以为一个什么都不懂的小女人，完全可以拿捏，却没想到遇到了一个“天不怕地不怕”的女人。他们的规矩只好作罢。大家又开始“和气生财”！

这个从来不知道“江湖险恶”的女人，硬起来可以把头押上。没有故事都不行。

有容乃大，无欲则刚。人生在世，做人的底线和尊严要靠自己守护。

有一艘小船停泊在远方
暖暖的感觉在心底流淌
山环海绕在风雨中飘荡
矢志不移地守护着善良

灿烂的笑容穿越了海洋
透过了空气传送着能量
一处暗礁就是一处风光

疲惫地抖去一路的彷徨

坚持是行者最佳的处方
从容地释放生命的芬芳
小船上载着一世的梦想
摇摇晃晃奔向在水一方

融入到生活中的环保意识

澳大利亚人的环保概念妇孺皆知，无需要求，几乎每个人都能自觉遵守。大家如同爱护眼睛一样，守护着自己的生存环境，管理着自己的生存空间。在餐厅，时常会遇到这样的客人，他们就餐后用自己随身携带的打包盒将吃剩的食物打包带走，目的是为了少使用一个塑料盒，这种打包盒很多餐厅都是免费的。如果没有自带打包盒，他们尽可能减少使用，可以用一个的，坚决不用两个。对于塑料袋的使用也是如此。有一次，一位衣衫褴褛的客人，他买了一些东西，步履蹒跚地来到吧台付款，付过钱之后收银员准备给他装到袋里时，他却非常客气地拒绝了，从那破旧的衣服口袋里掏出了一个破旧的塑料袋，把东西装进袋子中。他略显苍老的背影，让人不由肃然起敬。这么一个普通得几乎让你不屑的人，是什么原因让他如此地执著于环保？这些简单而又美好的故事每天都在发生，每个人都用自己的律己行为提醒周围的人，什么是该做的，什么是不该做的。一次偶然的机会，朋友们聊起这个话题，一位先生平静地说：“这是我们不费吹灰之力就可以做到的，为什么不做，给人方便就是给己方便，这是我们自己的生活空间，是我们自己每天都要面对的，我们自己努力去保护不是理所当然的吗？有什么问题吗？”是啊，这是大家共同生活的空间，应该大家共同来维护。如果每个人都能这样想，这样做，这个世界能不美丽吗？

澳大利亚非常地洁净而美丽，这种洁净和美丽的生存环境是绝对有理由的。

爱，是一种发自内心的情感，无论是对人还是对国家，当你发自内心地爱的时候，你就会自觉或不自觉地想他所想，急他所急。澳大利亚人这种融入到血液中的环保意识，是对这个国家深深的爱，因为爱，所以在任何情况下，都想为他做点什么，哪怕只是微不足道的小事。而不是站在那里空洞地振臂高呼。

风永远的驿动轻柔
水永恒的浪漫情稠
温馨的花爬满枝头
冬季如春日般消愁

山色终年绿意葱油
树影四季妩媚剔透
大海一路亮着歌喉
仿佛吟唱水调歌头

乌鸦永远爬满阁楼
每日清晨献上问候
年年岁岁骄阳红透
风和日丽分外娇羞

感恩自然得天独厚
爱到深处无须理由
走过春夏也迈过秋
冬天依旧温暖俊秀

劳动者的天堂

澳大利亚是个地广人稀，移民众多的国家，一个人一个习惯，来自不同国家的人不同风俗。四面八方的人演绎出五花八门的故事。她的这个餐馆也不例外，风波此起彼伏。

虽然请的员工都是华裔，却来自不同的国家，拥有不同的国籍。有来自马来西亚的，有来自日本的，有来自新西兰的，有来自新加坡的，有来自中国的，也有来自印度尼西亚的。虽然国籍不同，出生地不同，性格不同，兴趣爱好不同，但是有一个特点却是惊人地相似，那就是不惜一切代价争取自己的利益最大化！

她小时候，在课本上经常会看到什么地主、资本家剥削和压榨工人的文章，到了澳大利亚，她发现有的观点反过来了，“地主”、“资本家”的付出在某种程度上，远远超过了工人，而获得的利润却少之又少，甚至没有利润。有的“地主”、“资本家”甚至亏损或倒闭，但是，随便你“地主”、“资本家”发生了什么事情，工人的利益一点都不能少。你哪怕倾家荡产，你也必须保证工人的利益。所以有人评价澳大利亚是打工的天堂。这句话绝对是真的，不信你就过来试试。

打工唯一的缺点就是可能被老板“指手画脚”，“呼三喝四”。有的老板可能连这一点“特权”都不能或不敢行使，因为稍有不顺工人就可能马上走人。在澳大利亚，老板不可以押工人的工资，不可以拖延工人的工资，不可以强迫工人工作，不可以……总之是“十万个”不可以，而对工人的约束却少之又少，到目前为止，几乎没有什么行之有效的措施。除非有的工人急需钱“养家糊口”或者“赌”或者“嫖”，如果他们不在乎钱少，反正有政府养，谁也奈何不了他们。而老板则不同，你的店铺开着，房租、人工、水、电、煤、卫生费、政府杂费等所有的费用，分分钟跟着你，一分也不能少。你想顶着老板的“荣耀”，对不起，那你就要有足够的实力和体力扛着这一切，否则，你就乖乖地放弃“老板”的头衔。

厨房那几个“大男人”无论如何都看不惯她这个一脸阳光的“小女人”。凭什么你在那若无其事地当“老板”？凭什么你每天开开心心地在那儿数钱？她付出的辛苦和扛着的压力他们看不到。于是，这些来自不同国家的华人突然间摒弃前嫌，团结一心要求增加工资，而他们的工资待遇已经是当时同行业中最高的了。不是因为当时她的利润有多高，而是她非常了解自己的处境，一个女人，一个完全是外行的女人，一个离开工人几乎寸步难行的女人，她深知厨房那些师傅的分量，不说如履薄冰，却也毕恭毕敬。可是有些人呢，就是喜欢“弱肉强食”。她当然不能就范了，不然怎么“当这个家”呢！当她拒绝了师傅们的集体增加工资的无理要求时，故事又开始演绎了。

午夜十二点，一个师傅请病假，她准假了。没办法，即使天塌下来，工人生病了也必须给假。早上十点钟开门，只来了两个服务员，一个厨房杂工。师傅们一个也没有来。没有备用的人，在澳大利亚，人工费高得惊人，任何老板都没有办法备用几个人在家候着。十点三十分，师傅们仍然不见踪影，她打电话过去，集体关机。她知道，从来都很准时的他们不会来了，因为昨天刚刚开完工资。没办法，她们几个人没有能力营业。她正准备写个暂停营业的通知，一抬头，一个高大威猛的男人立在门口：“请问，你们招人吗？”她愣了一下问：“你是做什么的？”男人：“炒锅（厨师）。”天啊，上天好像算到她遇到困难了。在她的生活中，每当关键时刻上天都能如此神奇地出手帮她。开业这段时间，从来没有人这样来应聘的，都是看了招聘广告之后预约才来的。这是什么情况？不管那么多了，她马上说：“招人，请进来吧。”男人跟着她进了空无一人的厨房。她问：“你怎么走到这的？”男人：“我从马来西亚来，早上刚刚下飞机，顺路走到这里，随便问问。”她觉得这哪是随便问问，简直就是上天派来的。她对男人说：“马上就忙了，你在前面炒，我来给你配菜。”男人就是男人，对厨房莫名其妙的状态只字未问。只是简单地说了句：“好。”便潇洒地换上她提供的服装和围裙。她简单地交代了一下前面的各种调料和用具，又走出去安排了一下服务员。刚刚各就各位，客人便蜂拥进来。

男人在前面从容淡定地炒着，她在后面“乱七八糟”地配着，每一道菜配上去，她都会交代一句什么味道，什么颜色。男人既专业又迅捷，基本上三分钟一道菜。男人从进来到打烊，除了中间休息那段时间，一分钟没停，全程炒下来。一切都在井然有序中进行着，当天的营业额创开业以来最高纪录。客人更是交口称赞……

每个人都有维护自己正当权益的权利。不趋炎不附势。宠辱不惊，闲看庭前花开花落；去留无意，漫随天外云卷云舒。

窗外的风再起
落叶掀翻了一地
悄悄地
迷失在梦里
夜
变得更加沉寂
当岁月忍住了哭泣
青春已成了花絮
蘸着泪水的笔
凝聚成溪
如果知道结局
也许会站在原地
将苦难编织成新衣
让生命长出新绿

感　恩

经过一天惊险而紧张的忙碌，十点钟准备打烊了。她非常感激地对男人说："谢谢，辛苦了。如果你愿意，明天可以来上班。"男人笑笑："好的，我明天来。"

就这样，这个男人在她的店里工作了两年，一直到签证结束返回马来西亚。男人的话很少，由始至终没有问过第一天来应聘时的奇葩局面。也许是见多识广，见怪不怪了吧。

第二天，厨房所有的师傅全部到位，病也好了，手机也开了。大家一致的理由是昨天生病了，手机没信号，并且"强烈要求重返工作岗位"。这些"大男人"真的是看错这个"小女人"了。虽然这里只是一个普通得不能再普通的小店，工作也是一份普通得不能再普通的工作，她这个老板也是一个普通得不能再普通的老板，但是她却拥有一颗善良而不容侵犯的灵魂。就是凭借这份刚柔相济的性格，不屈不挠的精神，她才游刃有余地挣扎在这个纷繁复杂的世界上。

这虽然是个普普通通的小店，也不是想来就来，想走就走，想留就留的地方。她把那个午夜打电话请假的师傅留了下来，毕竟关键时刻他还是有情有义地打了个电话，虽然理由是假的，但“情义无价”！如果两军交战中，这样一个消息，可能直接决定战事成败也不一定。其他几位师傅她坚决不留。那位牵头“搞事”的师傅，曾经是那样的“鞍前马后”、“信誓旦旦”，令她“感激涕零”。人啊，一旦过于亲近“钱”而丢失了“义”，还真的可怕！罢“炒”风波引申出来的“辞退”风波，还真的是“别具一格”！不过，她就是那种“只要主义真”的小女人。没这点“个性”，在这个“人吃人的资本主义社会”，可能早就被吃得骨头也不剩了。这次风波之后，所有愿意和她共事的人，都慢慢地成了她的朋友。

公平而正直，不亏欠他人，不亏欠世界，也不亏欠自己。尊重弱小，不畏强暴，在一个充满人性的世界里，自然有它存在的市场。“当一个人意识到他是无可取代之时，他就会意识到自己身上背负的责任，他就会将这份责任发扬光大。勇敢而坦然地面对前方的任何挑战。”

不怕天寒地冻

无惧困难重重

正气凛然于胸

活出一世枭雄

用心制作食品，用爱打造品牌

严格意义上说，她不是一个商人，也不懂什么经商之道。充其量也就是一个努力生活、认真做事的人。无论做什么，无论这件事在别人的眼里如何的无聊，如何的卑微，如何的不足挂齿，如何的不屑一顾，只要她决定开始了，就会全心全意地把它做好。

她买的这个餐馆曾经亏损，几乎没有人认为她能经营下去。一个外行，肩不能担担，手不能提篮，凭什么跻身于竞争如此激烈的市场中。可是，她就是走下去了，而且一走就是十几年。不只是一个店，而是一人同时经营几家店。因为热爱，因为真诚，因为用心。对待每一款出品，她都认真把关。不仅仅是味道，对于原材料的质量和食材的卫生，要求也非常严格。她经常说："民以食为天，食以安为先。"她对员工说："当我们烧出一款菜肴的时候，先问一下我们自己：我可以吃吗？我能吃吗？我喜欢吃吗？当我们得到了肯定的回答，我们再推荐给客人。"

对待顾客，她奉上百分之一百的真诚：“你不满意我买单。”一次，一桌来自中国北方的客人，喝多了一点酒，加上对菜肴的味道不太满意，当着满满的一屋子客人大吵大闹，出言不逊。当时她正在厨房忙着，听到外面人声鼎沸，便走了出来。客人和服务员情绪都非常激动。她了解完情况后对客人说：“先生，对不起，您不满意就是我们的错。您看是给您换一桌菜还是全部免单。客人听后火气马上消了，无论如何都要自己买单。

她主张和气生财，退一步海阔天空，用钱可以解决的问题，应该就不算问题。久而久之，大部分客人都了解她，也很支持她，几乎再没有什么人去为难她，即使“江湖上的兄弟”也都非常客气，花钱消费。

她简单而阳光，有时候，她站在那里卖东西，客人问她：“这个东西好吃吗？”她会坦白地说：“这个口味很特别，有的人喜欢，但是我不喜欢吃。”服务员常常对她说：“你这样说太傻了，客人还会买吗？”她笑笑说：“喜欢就会买的。你诚实地对待他，不喜欢这个，他会买别的。你如果欺骗他，这次上当了，也许就永远不来了。生意是用心经营出来的，不是骗出来的。”

经常有人问她：“很多老板都愁眉不展的，为什么你脸上永远挂着笑容？”她不明白，为什么要愁眉不展？愁容满面能解决什么问题？开心一点，阳光一点，客人感觉很舒服，很温暖，也许会多来几次。

最终取胜的一定是产品，但是良好的氛围和服务也是必不可少的。困难不会因为你的忧愁而不再光顾，反而由于你的阳光而被融化。

一个人做事贵在用心，无论任何事，只要用心去做，用爱去呵护，一定会有所收获。

夜虽深
心不能沉
山重水复路难寻
笑傲江湖赢输莫问

一个 sales 的故事

认识他是在一个普普通通的房屋中介公司。一个风和日丽的上午，她突然心血来潮想去看看房子，那时候，悉尼到处都是房屋中介，她信步走进了一家房屋中介机构，准备信马由缰地消遣一下自己。

一位三十多岁的男人接待了她。他叫 Alvin Li，是一个看起来很普通很普通的男人，一张普普通通的脸，一身普普通通的打扮。他留给她最深刻的印象就是脸上写满了真诚。他那坚定而执著的目光，简洁而干练的语言让她重新审视来自中国北京的华人。他热情而适度，沉稳而大气，给初见者一种安全感。

简单的交流之后，他没有急于向她推荐手中的房子。要知道，当时的悉尼，想抓住一个客户，卖出一幢价格不菲的房子，应该不是一件很容易的事，绝非今天这样大家一起抢购房子的局面。而作为 sales 的他们，基本上是要依靠卖出房子的提成，来维持一家人的生活，压力是显而易见的。他充分而耐心地了解了她的需求后说："根据你的情况，我建议你应该选择那种地理位置好，占地面积大的房子，这不仅居住起来舒适，而且有良好的发展潜力和上升空间。鉴于他的诚恳，她随他去看了一套房子。

这是一幢坐落于静街的二层建筑，占地面积接近一千平方米，刚刚完工，室内装潢典雅而高贵，就当时的悉尼而言，算是比较上乘的一座 house 了。他没有过多的解释，言外之意是让实物说话。一个小时之内，一桩生意谈妥，两个月之内完成了所有法律文件，顺利成交。这是他们的第一桩生意，他们的友谊就是这样开始的。那之后，他们又成交了几桩生意。

历史不仅验证了这幢 house 的质量，也验证了这位 sales 的人品，回应了他在房地产市场方面的前瞻性。这所 house 所占土地非常规整，而且居于地势的高处。既安全、安静、舒适、安逸，同时与各商业中心距离适中，生活方便，增值迅速。

诚信是一笔无形的资产，当一个人的诚信累积到一定程度的时候，事业和财富一定是蒸蒸日上的，成功只是一个时间的问题。他的人品，赢得了她和很多置业者的信任，他们先后从他那里购得了其他物业，并全权委托他来管理。

在所有商业行为当中，他恪尽职守，不卑不亢，循规蹈矩，自然大气，真正做到了：不以恶小而为之，不以善小而不为。

他就是这样一个人，一个真诚付出，认真做事，充满激情而又脚踏实地的人，一个正直而又充满原则的人。他现在在悉尼最大的华人社区 Hurstville 拥有自己的房屋中介公司，有稳定的客户群，生意在稳步上升。作为房地产中介机构，一手托着两家，既要考虑到卖方或出租方的利益，也要尊重买方和承租方的利益。一名优秀的 sales，不仅要具备良好的业务基础，敏锐的市场洞察力，也应该具备良好的诚信。而诚信在营销过程中一定是重中之重。

她也曾认识一个 sales，几年来，这位 sales 一直向她推销房子，有一天她去看了一下，一路上这位 sales 一直向她夸耀那个房子的优点，而且告诉她这是最后一套，已经有人出价 105 万但是开发商没有同意卖。她看过房子以后，认为 sales 的话和实际情况出入比较大，便婉言谢绝。离开之后 sales 又打来电话，问她是否有兴趣，并告诉她说开发商同意 98 万卖给她。有人出价 105 万不卖，她又不是开发商的亲戚，为什么降价也要卖给她？也许这位 sales 一直信口雌黄，根本就忘记了自己曾经讲过什么。虽然之后这位 sales 仍然经常打电话或发短信向她推销产品，但是每个人都有自己的判断标准。出于礼貌，她没有当面揭穿他。

一个人，无论做什么，诚信最重要，这是一切机会的开始，一个没有诚信的人，何来安全感？谁又能相信他推销的产品？只有信守诚信的人，才会是个得道多助的人。她曾经不惜一切代价去帮助一个朋友，甚至让自己陷入窘境，而事实告诉她那个朋友只是编织了一个又一个谎言。一再的背信弃义。他不仅失去了身边一个又一个真诚的朋友，在生意场上同样失信于人。后来这位朋友曾想用产品抵债，她坚决拒绝了。这种没有一点诚信的人，他的产品的质量又怎能取信于人？她曾经对自己辛辛苦苦赚的钱没有负起责任，但如今，至少要对自己的生命负点责任，不想再和这种没有诚信的人狭路相逢。

诚信不仅是产品的生命，也应该是企业的灵魂。没有诚信的人，绝对没有办法经营好一个企业。这个世界是围绕着利益转的，但它不是也不可能是围绕着一方的利益转。当一个人，一个企业，一个产品是以损害另一方利益为出发点的，那它注定是失败的，是无法立足的。利益的核心应该是双赢的，这样的利益方能长久。

因为诚信精神，德国生产的产品是全世界一流的，只要标有德国制造，你就可以大胆地使用，放心、舒心、安心。一个有诚信的人，坏也坏不到哪去，一个没有诚信的人，好也好不到哪里。小到个人大到国家，都必须对诚信的缺失付出昂贵的代价。

最近，那位信守承诺的 sales 接了一处房产销售的生意，卖家是在竞争激烈的角逐中将生意交给他的。因为他实事求是地介绍了这处房产的优势和劣势以及实际的市场价值，而不是像有些中介机构，为了争取到生意而不切实际地游说。毕竟价格是由市场决定的。

这就是诚信的魅力。

时间会检验一个人，也会成全一个人。诚信能创造出无法估量的价值，时间越久，价值越大。一个普普通通的人，可以成就不普通的事业，因为他的灵魂是伟大的。

展翅高飞的姿态
也有夺目的光彩
搏击长空的时代
不能有丝毫懈怠

生命呈最佳状态
追求完美的存在
弱小却冲破无奈
蝙蝠在渴望未来

别无选择

生活在澳大利亚的华人，尤其是在中餐馆打工的华人，虽然赚钱较多，但是工作压力也很大。澳大利亚法定的工作时间是每周不超过三十八小时，但是很多华人都做不到这一点。为了多赚点钱，大家甚至打几份工，有些人一周工作超过七十小时，除了必要的睡眠时间，几乎都在紧张地工作。没有充分的休息，神经始终绷得很紧，工作又相对地比较辛苦和枯燥，所以脾气很容易暴躁，人际关系也比较脆弱。加之每个人都来自不同的国家或地区，生活习惯、喜好、文化背景等差异较大，所以厨房里争争吵吵的事情偶有发生。有时候，为了处理这种事情也比较伤脑筋。

这天，忙得人仰马翻，餐馆外面排着长队。师傅们紧张地工作着，突然两个师傅因为话不投机而争执起来，她进来送单，刚刚一脚迈进厨房，只见两个师傅大打出手，前面的情况她没有看见。一进门就见一个师傅挥着炒勺，双眼红肿，眼角流着血，一个师傅头上流着血，菜刀高举过头，正准备向另一个师傅砍下去，她想也没想迎着菜刀冲了上去。

她太瘦小，根本没有办法夺下菜刀，这时候，厨房的其他员工都吓得跑了出去，只有一个厨房杂工站在那里，他是中国来的留学生，运动员出身，身手敏捷，他见状一个箭步冲了上来，使出浑身解数协助她夺下菜刀。情况非常紧迫，因为失血过多，一位师傅比较危险，必须紧急送往医院。她又要处理餐馆的善后事宜，解决满屋子仍不知情的客人的就餐问题，又要送师傅去医院就诊。情急之下，她打电话给朋友，请他们过来帮忙。老天又一次向她伸出援手，在她的生活中，每当紧要关头，老天都会助她一臂之力。她打通电话后，朋友回复她马上就到，而且他们就餐的人当中，正有一位刚刚从中国飞来的厨师。

一行人饭也没吃马上赶了过来。朋友将受伤的厨师迅速送往附近的医院救治，那位从中国飞来的师傅，以他丰富的厨房经验马上驾驭了局面。客人都在热火朝天地等菜，天南地北地聊侃，根本没有注意到刚刚的厨房差一点发生了“血案”。一切都在不知不觉中开始，又在不知不觉中结束。师傅们经过一番救治，已无大碍。这两位师傅平日里和她关系不错，也认识到自己的冲动险些酿成大祸，害人害己。经过一段时间的医治，都已痊愈，没留什么后遗症。双方都非常有风度，也没有就此事过分纠结。事态平稳地过去了。

事后很多关心她的人埋怨她："你为什么迎着刀冲了上去？如果师傅一时冲动有什么闪失的话，你的生命和健康怎么办？"她笑笑轻描淡写地说："没想那么多，因为我是老板，关键时刻我不上谁上？在我的店里，任何人出事我都必须承担法律责任。你们可以原谅和理解我，法律不能！"

在很多人眼里老板就是荣耀，就是利益的代名词。有多少人在意他们肩负的责任和风险？在他们孜孜不倦地努力的背后，有多少不为人知的故事。

冬日的寒风感觉很凉
漫漫长夜有一丝惆怅
知道你倚在天边遥望
关注我是否别来无恙

只要夜晚有点点星光
此生绝不会放弃梦想
感谢一路上还有太阳
陪我颠簸着奔向远方

胸怀天下的年轻人

一天，一个年轻男子走进店里，说有点事情想和老板谈谈，可不可以给他一点时间。她被他的诚恳所打动，便同他一起坐了下来。这是一个很阳光的男人，说话既儒雅又坦白，没有丝毫的做作。他拿出平板电脑，告诉她说："我承办了一台演唱会，是两名来自台湾的著名歌手。这是相关的资料。"

实事求是地说她当时很忙，对演唱会之类的娱乐既没时间也无精力，但是出于对来访者的尊重，她没有拒绝。当她坐在他对面以后，她发现这个年轻人身上散发着一种独特的魅力，诚实而坚韧。这是他承办的第一场演唱会，艰难是可想而知的。演艺界是个是非之地，鱼龙混杂，盘根错节。她冒昧地问了一句："在澳大利亚，你一没背景，二无实力，为什么挑战这个领域？"他坦白地说："试试，不努力怎么知道？!"

随着谈话的深入，她慢慢地走进了他的故事。

几年前他从日本移民到澳大利亚。初来悉尼的时候，因为没有什么专业技术，语言又不通，他尝试着去帮老板送货。有一次，因为接货方有情绪，用非常粗鲁的口气对他说："不就一个送货的吗？告诉你怎么弄就必须怎么弄，否则我一个电话就可以让你丢掉饭碗。"这样的遭遇是家常便饭。也许是因为身在异乡，那段日子，他不仅体力透支，精神也完全处于透支的状态。在这个艰难的过程中，他学会了很多东西，也学会了忍辱负重。他深切地感受到了"强者恒强"的真正内涵。

机会，永远留给有准备的人。这一年，他认为可以开始了，于是他创办了网站，组成了精英团队。两年，他全身心地投入到网站的运营当中，每天工作十几个小时，不仅没有赢利，而且他在日本打拼所赚到的所有的积蓄都投了进去。再累再苦再难，团队所有成员的工资一分都没有拖延，他把他能给的最好的东西都给了他的团队，从来没有计较过个人的得失。就是凭着这一份牺牲和忘我，坚守和诚信，他终于赢得了大家，走到了今天。所谓：得民心者得天下。在他的世界里，利益永远放在最后一位。"先做人，后做事。""先把事情做好，利润自然就来了"。他说："人不能用眼睛看世界，眼睛只能看到近处。要用眼光看世界，这样才能看得到远方和未来。"这是在他远涉重洋时，一位长者叮嘱他的。这句话一直激励着他。

谈话快结束的时候，他说："非常感谢你给了我这么多时间，在此之前我不仅被很多老板拒绝了，而且连说话的机会都没有给我。有的老板甚至非常的无礼。能和你这样交流，非常愉快。"她非常了解他的感受。成功时再多的鲜花和喝彩已经不重要，关键是在你落魄或无助时，哪怕一句鼓励的话，一个关切的眼神都会让你挺直脊梁。可是今天的世界，阳光往往光顾灿烂的地方。

也许因为很多共同的境遇和追求，所以谈话到最后她问他："需要我怎么做才能帮到你？"他说："你的认可已经帮助了我。"她说："这样吧，离演唱会还有一个多月的时间，虽然我对冠名赞助之事兴趣不大，但你的事我帮定了，如果演唱会开始之前没有企业冠名赞助，那么我来冠名赞助。一定支持你！"他开心地走了。望着他疲惫的背影，她说："我可以介绍一些朋友给你，如果你需要的话。"他潇洒地挥挥手说："好的，有机会你通知我，一定到。"第一次见面她就断定，他是一个很努力，很用心，可以有所作为的人。

演唱会举办之前，他打来电话说："已经有一个很著名的企业同意冠名赞助了，合同已签好。非常感谢你的支持。如果有时间过来看看吧。"她非常高兴。他就是这样一个可以让你在很短的时间内信任并尊敬的人，他身上始终散发着独特的人格魅力。

演唱会举办那天，她请已长大的女儿去帮他，并赞助了所有工作人员的午餐。她只是想帮帮他，因为这是一个一直向前跑的人。

演唱会终于圆满地落下了帷幕，而他的事业也随着这次的成功而扬帆起航。现在，他涉足的领域越来越广，有自己的房地产公司，有一定规模的集餐饮与娱乐为一体的综合性企业，在悉尼已小有名气。看着他越飞越高，希望他越走越好，在鲜花簇拥下守护好曾经的初心。

竹子用四年的时间仅仅长了 3cm，因为它在扎根，在储备。从第五年开始，它以每天 30cm 的速度疯狂地生长，仅仅用了六周的时间就长到了 15m。

还记得我们的第一次见面
屈指算算已经过去了数年
为了追求理想你卧薪尝胆
潇洒地走过了峻岭和群山

扛起委屈咽下所有的难堪
坚韧不拔地一直勇敢向前
投入的不只是金钱和时间
还有舍弃小我的全新概念

如今已迈向了成功的彼岸
曾经的祝愿仍浮现在眼前
眼光看世界才会看得更远
先舍而后得成就英雄万千

希望你踏踏实实越走越远
鲜花簇拥时守住铮铮誓言
穷则独善其身争中华儿男
达则兼济天下做盖世好汉

他（Eason Chen）去青城山时偶遇佛光普照，发回了照片，从照片可见风光无限，运势非凡。我赋诗一首：

佛光难再现，问道青城山
前世结佛缘，今生心中暖
凡尘只等闲，俗世亦无怨
坐看层林染，笑纳地与天

世事皆是缘，去留终无憾
把酒不问天，举杯不问盏
醒时日为伴，梦里星共眠
红尘本无岸，看淡便是仙

善良也需要担当

因为用心经营加上员工们的鼎力相助，餐馆的生意一直红红火火。一个星期天上午，她正忙着，进来两个男生对她说："我们可不可以借用一下卫生间？"她热情地同意了。半个小时过去了，她忙着忙着，发现一起进来的那个男生一个人坐在那里。于是就问："另一个男生呢？"对方说："还在卫生间。"她问："怎么这么久？"对方："没事，他上厕所很慢，经常这样。"她又去忙了，半个小时左右，她发现那个男生还一个人坐在那儿。她急忙问："你朋友还没出来吗？"对方："没有。"凭直觉她感到不对，应该是出什么事了。她和那个男生冲去卫生间，门打不开。她叫来一个身强力壮的师傅，门被砸开之后，那个男生已斜倒在地上，这一惊非同小可。她马上报了警。

几分钟之后，两辆救护车和十几辆警车蜂拥而至，餐馆被围得水泄不通。满满的一屋子客人全被请了出去，吃过的、吃了一半的、正准备吃的等等一律免单，损失惨重。

餐馆马上被围上警戒线，厨房的工作人员不得出来，外面的工作人员不得入内。救护人员实行就地抢救，一个小时之后，奄奄一息的男生被担架抬走。警方开始做笔录，展开调查……

又过了大约一个小时左右，医院来电话："患者经抢救无效死亡。"眼泪，顺着她的脸颊流了下来。这个餐馆还真的多灾多难。好心借了一下卫生间就出了一起"命案"。人就这么走了，谁来证明她的清白？警方能相信她的解释吗？那个一起来的男生能做证吗？她一时间百感交集。这好人还真的难做。女儿正巧在店里帮忙。她镇定自若地说："妈妈，不哭。哭有什么用，我来和警察谈。"女儿走过去，有理有节地和警方进行了大约十几分钟的交谈，她处理问题的冷静和睿智远远超过了她的实际年龄。正谈着，警方接到了医院的初步诊断，死者的死因与餐馆没有任何关系。于是，终于解除了警戒，餐馆在晚餐时间得以正常营业。

有些时候，人必须学会为自己的善良买单，即使受伤也要坚持，因为这才是真正的人性之光。

如果心还有温度
寒风虽冰冷刺骨
旅途也不会迷路
痛了也不喜欢哭

不能让泪水如注
无故把双眼遮住
迈着坚实的脚步
再苦也风雨无阻

天堂的模样

澳大利亚是全世界公认的社会福利最好的国家之一，在澳大利亚，你可以穷得理直气壮，弱得胸有成竹。只要你没有钱，你就可以脸不变色心不跳地向政府要，不给都不行，“我要吃饭”。给少了也不行，“我不够吃”。澳大利亚的政府有权利和义务让穷人和弱者“吃饱，穿暖，住好”，否则他们就会上街游行，让你们一日不得安宁。在这里，穷和弱几乎成了“王道”的代名词。

在澳大利亚有太多的“穷人”和“弱者”，因为这两类人群外延太广，只要银行没有存款，名下没有住房，找不到“合适”的工作，一律打入穷人的圈子。“弱者”更是名目繁多，老的，少的，幼的，读书的，残疾的，女的，怀孕的，待产的，生产的，产后的，孩子小的，生病的等等，不能再列了，再列要被骂的。总之，只要你能挤进这个圈子，你就可以享受“富人”做梦都梦不到的待遇。每个星期政府福利部门准时为你配钱，政府还会专门配一个卡，持有这个卡你无需付出任何劳动就可以享受“劳动者”永远都享受不到的待遇。在悉尼乘火车，随便去个地方随便买张车票就要十澳元左右，如果你高兴一天去五个地方，车票就要用掉几十澳元，但只要你持有“穷人卡”，只需二点五澳元，你可以享受全天候服务，随便你坐车，坐船，随便你怎么玩。持有此卡看病免费，住院免费，手术免费，免费的项目数不胜数。

在澳大利亚，如果你没有钱又不想无意间掉进“富人圈”，那你最好去读书，随便你读什么书，随便你怎么读，政府每个星期都会给你读书津贴，读到你不想读为止。如果你是女人，那更是得天独厚。生孩子政府给钱，孩子小政府也要给钱，不仅要给小孩钱，还要给孩子妈妈钱。生的越多，给的就越多。不仅每个星期给，每个月给，如果感觉给的不够，每年还要找些理由给予其他资助。总之，政府就是喜欢找各种各样的理由来贴补和救济“穷人”。如果是残障人士那待遇更是不得了。政府每个星期无条件配钱自不必说，所有的服务场所都必须配备为残障人士安全和方便使用的卫生间、通道、楼梯等等，否则根本拿不到经营许可证。所有停车场最好最便捷的位置都标有残疾人专用，如果非残障人士使用，其将受到非常严厉的处罚。所以，没有人敢玩这个游戏。这种特殊的待遇不胜枚举。

总之，澳大利亚是个非常慈善的国家，对老人、妇女、儿童、残障人士、贫困人士给予了充分的厚爱。正因为如此，政府很“穷”，几乎全方位私有化，基于此，政府有时候必须“合理合法”地“劫富济贫”，于是乎滋生了许多名目繁多的“苛捐杂税”,让真正的“劳动人民”深陷“水深火热”之中。你做得越多，交的税就越多。所以有人说，澳大利亚是“懒人”的安乐窝。

对于澳大利亚的良好社会福利褒贬不一，这些只能留给时间和历史去验证了。

徘徊在无人的小巷
阅尽了旖旎的风光
水面之上波光荡漾
草场四周尽显芬芳

这里是儿童的天堂
老人小孩笑声朗朗
快乐是他们的营养
生活在鲜花的海洋

铁血柔情

澳大利亚在执法方面非常严厉，常常被人解释成“冷酷无情”。实际上，这看似无情的背后，却蕴藏着深厚的情义。

数不清多少次，车行驶在路上，会看到这样的一幕。一辆车莫名其妙地坏在了路上，一辆救护车停在它的后面，为了避免后面的车辆因疏忽而酿成交通事故，救护车打开警示标志，帮助维护交通秩序，提醒来往的车辆。在繁忙的车流中，演绎着普通而感人的画面。

一天夜里两点左右，餐馆收工比较晚。她独自一人开车回家。途中，一台车在后面尾随了二百多米。因为后面的车灯太亮，她无法判断状况。一边开车一边想着为什么那台车始终跟着，一不留神迎着红灯开了过去。这时，后面的车发出了停车的警示，她知道这下撞枪口上了。后面是台警车，她马上乖乖地停在路边。后面的警车上下来一位年轻的警察，他先出示了自己的证件，然后请她出示证件。看过她的驾照之后，他问：“这么晚了去哪里？”她说：“刚刚下班，准备回家。”他：“为什么闯红灯？”她说：“心里想点事，一紧张就这样了。”她知道，这天是周末，又被抓个现行，双倍罚款加双倍扣分是跑不掉了。在澳大利亚没有求情这一规矩，她什么都没说只能认了。警察对她说：“太晚了，开车注意安全！走吧。”没有罚款？没有罚款！没有罚款！她开车走了，什么都没说，一路上恍恍惚惚，没有什么真实感。一个月，两个月，半年，真的没有罚款。她连一句谢谢都没说，也不记得那位警察长什么样。

一个周末的上午，她开车去市中心。因为匆忙，变道的时候忘了给灯。变过道之后感觉有点失误，便摇开车窗挥手致歉，一声停车警示让她晕眩。又一次撞枪口上了。平日里她恪守各项交通法规，仅有的这两次失误均被警察撞上。没办法，赶紧把车停在路边。警察一脸严肃地问：“驾照！”她马上出示驾照。警察审查之后还给她。问“为什么变道没给灯？”她：“嗯，疏忽了。”警察：“这样很危险知道吗？”她：“知道。”警察：“下次注意，再遇到你一次就罚款了，注意安全，赶紧走吧。”她：“好。”没罚款，没罚款！没罚款！她赶忙开车离开。太幸运了，下次还能在同样的条件下遇到你吗？那是什么样的缘分？！还是不要再相遇的好。

无论你在澳大利亚的任何地方与人争吵，哪怕是夫妻之间、父子之间、情侣之间、朋友之间……如果被警察遇到，他们一定会上前询问并阻止，直到调查清楚，确定没什么大碍才会放行，否则不仅会很麻烦，而且极有可能会被带到警察局。从这些小事情来说，他们还是蛮有人情味儿的。

谁说澳大利亚警察冷血，他们只是脸冷而已。心一样是滚烫的。他们严格执法也是一种爱，一种对他人、对社会、对国家发自内心的爱和关怀。真爱，也许不需要太多表白。

左手挎着河右手挽着洋
头倚着高山将风光凝望
老人沐浴着甜美的夕阳
儿童嬉戏在祥和的草场

微笑镶嵌在路人的脸上
淡泊从容尽显妩媚风光
友好谦让在空气中荡漾
天佑大地尽享绝色天香

褒贬不一的澳大利亚警察

来悉尼不久的一天，早晨醒来发现放在包里的一万多澳币不翼而飞，这一惊非同小可，钱没了事小，当时她和宝贝女儿就睡在房间，如果人出事了这还得了。她爬起来马上报告公寓管理部门和警察局。过了几个小时警察才赶到，据说他们太忙。经初步了解，她住的这幢楼当天夜里被盗十二家，被盗金额不菲。很巧，当时恰好保安系统出了点故障，没有录到盗贼作案的影像。大家被反复找去作笔录，并郑重其事地拿到案件号码。起初她还认真地去问过几次案件的进展情况，接下来大概半年左右，不仅此案没破，一天夜里，她们停在大楼停车场里的几十辆车的里面被莫名其妙地洗劫一空，所有值钱物品全部被拿走，无一幸免。此案至今没有下文，连罪犯如何进的房间都没搞清楚，于是就成全了一个神奇的传说。

她在悉尼市中心开店的时候，一天早上上班，大门敞开着，原来昨天夜里小偷光顾了，把留在店里的所有的备用钱全部拿走，末了，还捎上了一箱重要文件，大概以为里面是金条吧。那天夜里，整条街能进去的商铺都进去了。大家马上集体报了警，也是过了很久警察才到，很认真地进行了现场勘查，反复详细地做了笔录，三番五次地调取了录像，经过几番折腾之后，至今石沉大海。

几年前的一天晚上，她正准备关店，习惯性地把包放在前台的桌子底下，前后不到一分钟包就没了，调取录像发现一分钟前被一个略有残疾的人拎走了，好在她当时在后场放东西，如果在前面，不知道会发生什么事情，因为录像显示那个人手里拿着器械。同样报了警，结果非常的雷同。

类似的故事在周围的朋友身上也时有发生，结果是一样的。澳大利亚的警察每天都很忙，好像警力严重不足。重大疑难案件的破案效率很高，这些显而易见的案子却反而成了悬案。也许他们认为，这些小偷小摸的行为不算什么，因为穷所以才做这种事。在酒铺也偶尔遇到这种情况。遇到偷酒的人，大家都见怪不怪，也没有人介意，也许大家都认为这些人是因为太穷了。在澳大利亚这个国家，穷人永远是被同情和理解的对象，没有人会追究这些人为什么会受穷，懒惰是被绝对认可的行为，“为什么不可以懒惰”，开心和快乐是最重要的。过分勤劳反而无法被大家理解？澳大利亚人永远都无法读懂："为什么中国人那么勤劳？拼命以牺牲生活来赚钱的意义是什么？"

不过一些婆婆妈妈的小事他们倒表现得非常敬业。一次，她在马路上开车，可能车技有点瑕疵，在最繁忙的高速公路上警车鸣笛示意她靠边停下，她左顾右盼实在找不到可以停车的安全位置，但又不得违抗。考虑再三她索性直接就地停下。两名警察虎视眈眈地走了上来，她们前后两台车就这样在上班最高峰横在马路中间，后面的车堵成一条长龙。警察让她出示驾照，对她的驾照表示怀疑，又拿去电脑里反复验证，接下来又对着她的脸仔细端详，末了，不得不放行，一脸的不甘不愿。简直就是小题大做，就算她的驾驶技术有点小问题，也没什么大不了，为何要在繁忙的主干道又是上班的高峰期上演这样的一个戏码？实在是令人百思不得其解。她有一个朋友，小两口口角几句，女孩一激动报了警，警察不由分说便把男孩带走了，并以"家庭暴力"将男孩告上法庭，女孩不得撤诉。本来夫妻吵架很正常，中国有句古话："小两口吵架不记仇，白天吃的一锅饭，晚上睡的一个枕头。"冷静下来劝劝就好了，可是警察一介入事情就变得复杂了，像这种情况，也要本着对"人民家庭"负责的精神，即使接警也要大事化小，小事化了，没什么大问题，何必要搞得人家夫妻对簿公堂。

这就是澳大利亚的警察。

澳大利亚的警察很养眼，这是真的，男人英武，女人帅气，看着舒服但不实用，没什么安全感。大事难找，找到也难了，小事最好不找，找了准和你没完没了。澳大利亚的警察真的是需要远望的一道风景。

夏天已悄悄地离去
随处可见秋的痕迹
想告诉你这个讯息
却忘记了如何联系

任窗外的秋风再起
看细雨敲碎了沉寂
执著地守护着思绪
品味着季节的秘密

生命在转瞬间老矣
四季在循环中更替
旖旎不是春的唯一
秋也不为夏季痴迷

美丽浓缩成了记忆
岁月沉淀出了笑漪
让渐行渐远的韵律
谱写出冬日的晨曲

一个追梦的女人

人不能没有梦，尤其是女人。

漂亮、高雅、精致、大气，这是我遇到她第一眼的感觉。当我们坐下来简单交流之后，便懂了一见如故，相见恨晚的真正内涵。

这是一个有梦的女人，可以感受到因为梦想而在她身上孕育着的勃勃而发的激情。我们的灵魂在梦想的天空上擦出火花，激情燃烧着激情。

这是个非常有商业头脑的女人，她可以将浪漫情怀和商业行为恰到好处地融合在一起。听着她娓娓道来，我在内心无数次地懊悔：如果早一点认识她，如果早一点和她交流，她的商业智慧和我的超常胆识恰到好处地结合在一起，也许我们的事业会有另外一番天地。不过现在也不晚，虽然我们已经不再年轻，但梦想还在，激情还在，事业还在，雄心还在。

她叫 Amanda beibei Li，是我闺蜜的闺蜜，中国大连外国语学院毕业之后，先后去了很多国家，最后选择了移民澳大利亚。她喜欢画，喜欢建筑，喜欢设计，喜欢文字，喜欢经商，于是她把画、建筑、设计、文字及商业行为有机地结合在一起，事业做得风生水起。

一个有梦想和激情的女人，一定有诗和远方，也注定是一个充满智慧和活力的女人！

愿好梦一直伴随她的左右，美好而不懈努力的女人！

诗和远方
一定是女人的魅力和芳香
守护好自己的梦想
那是我们内心的阳光

何为沧桑
不要把忧郁涂在自己脸上
生命在燃烧中绽放
灵魂因为拼搏而刚强

公平交易委员会
——一道亮丽的风景

澳大利亚公平交易委员会是为了促进公平竞争，保护公平交易和消费者权益，以维护和促进良好的市场秩序的部门，是迄今为止效率最高，实用性最强的部门之一，它的权威性、公正性、透明性和无功利性有效地维护和保障了这个国家的社会和商业秩序，是可以认真学习和借鉴的典范。当你的利益或者你认为你的利益受到侵害或者受到不公平对待，你就可以向公平交易委员会投诉，它会在十四个工作日之内给予你一个满意的答复，并且在最短的时间内圆满解决。在那里，你可以充分享受与大财团甚至国家权力机关平等的权利和尊重，哪怕你一无所有。

一次，她突然发现电话账单上多了一部手机话费，她根本没有签这部手机，号码也不是她使用的，于是她致电澳大利亚著名的电信公司之一，如实反映了这一问题并希望尽快并妥善纠正这一错误。电信部门的态度非常友好，也再三表示会尽快调查清楚并解决。类似的电话她打了十多次，每次都要一个多小时，而且反复重复同样的故事。就这样，十个月的时间过去了，问题非但没有解决，账单却累计了近两千多澳币。她是个不太容易被激怒的人，她的信念是：给别人添麻烦的事尽量不做或者少做。大家都是商人，只是大小之分，为商之道最怕被人举报，尤其是在澳大利亚，但这次她真的愤怒了，终于致电公平交易委员会。起初只是“有病乱投医”，这个问题一直困扰着她，涉及她的信誉。结果却出乎预料，接到她的投诉电话到圆满解决问题只用了八天时间，电信公司不仅撤回了所有电话账单，还发来了一封道歉函。

这样的故事每天都在发生，所以你从澳大利亚人的脸上看不到愁容。微笑，他们永远都在微笑，虽然他们并不富有。

公平交易委员会，是澳大利亚人心中的一道美丽风景，这是个人民利益绝对不允许有丝毫侵犯的国家，不信你可以过来试试！

曾想呼唤你
在浓浓的夏日里
几次拿起笔
又无奈地放弃

任心空星光熠熠
不敢有些许传递
默默无语
独守着心底的秘密

满脸的不在意
远远地望着天际
不能告诉星雨
心里的希冀

情感的世界
时常让人迟疑
不知道心意
该绽放几许

所有的美丽
都将变成回忆
在岁月的河道里

故事越来越浓郁

不想说唯一
爱没那么容易
守着这份默契
伴着夕阳老去

文明是一种生活方式

一天下午，她正在忙，一位穿着邋遢的洋人走了进来，他拿了一瓶廉价的红酒走到柜台，一股呛人的气味扑面而来，也许他刚刚收工吧，不知道他是干什么工作的，怎么这么大的味道。她一边收钱一边屏住呼吸，当她收过钱拿起塑料袋准备将酒装进袋子时，那位洋人非常礼貌地说："不用了，我自己带了塑料袋。"话音刚落，只见他打开手里攥着的很旧的塑料袋，把酒装了进去。望着他略显寒酸的背影，她的心中肃然起敬。在澳大利亚，这样的故事随处可见。一次在餐馆，一位洋人买了一份生煎包外带，她拿出方便盒的瞬间，他已经把自己带的旧的方便盒准备好了，请她把生煎包装进他自带的盒子里，然后气定神闲地走了。

在澳大利亚，有些商铺会应慈善机构的请求，放置一个捐款箱，所捐款项用于帮助贫困地区的儿童。她们店铺也准备了一个，她经常会看到那些客人，为了买五澳元或者六澳元的食品，站在那里反复纠结，可是在柜台付过钱之后，却毫不犹豫地捐出几块澳币给慈善机构。他们都是生活在社会最底层的平民百姓。虽然可以维持基本的生活水准，但生活还是比较艰难的。他们从来没有高喊着爱国，可能也不懂得什么境界和情操，他们却从每一个细节出发，用最朴素、最实际、最低调的方式，深深地热爱着自己生活着的国家，生存着的土地，还有那些比他们还艰难地活下去的素不相识的人。他们默默无闻地努力着，能帮助他人多少，就帮助多少，能不给国家添乱，就不给国家添乱。也许在这个世界上，没有人知道他们是谁，也没有人记得他们，但是，这对于他们而言并不重要，他们只想按照自己的喜好活着，问心无愧就好，活得坦然就好。他们自觉地遵守社会公德、社会秩序，维护社会和生态环境，他们认为，维护这些看似与己无关的事情，就是维护自己的生存空间，责无旁贷。如果有谁敢稍加侵犯，他们就会不惜一切代价挺身而出，哪怕他是国家总理。

前段时间，澳大利亚某市的一个副市长，仰仗自己的政治地位和亿万身价，结婚时张扬跋扈，侵犯了公共利益，引起众怒，如今已被停职，其他事情在后续调查和处理当中。

有人评价说澳大利亚是典型的社会主义国家，对此她不敢妄言，但是有一点是绝对可以肯定的，那就是人民的利益、人民的权利永远高于一切，任何人，任何部门永远不能也不敢侵犯。谁敢触碰这个底线，谁就一定会被颠覆。

在澳大利亚，弱势群体永远是第一位被保护的对象，如果你一无所有或者体弱多病，你将充分享受一切可以享受的待遇。如果你是“上层人士”或“富人”，那么你必须遵守诸多“清规戒律”，不得有任何冒犯，否则你随时随地都可能“倾家荡产”或者“银铛入狱”。这是真正的人民的国家，人民自然也发自内心地爱这个国家，关心这个国家，守护着这个国家。

文明绝不是也不应该是一种口号，它应该是渗入骨髓里，溶入血液中的一种生存方式。

文明不应该作为装潢
修身养性聚强大气场
仁慈是一双隐形翅膀
爱的世界洋溢着芬芳

高贵不只是豪车洋房
富裕也未必令人崇尚
陋室寒舍把文明弘扬
贫苦的百姓一样风光

步履维艰

悉尼连日来暴雨不断，店内突然漏雨，于是，外面下大雨，里面下小雨，这已经是第二次了，只不过这次比较严重。雨从厨房开始，逐步向外蔓延，而且越来越大，满屋的客人正在用餐，漏雨的局面已经无法控制。她只好无助地向客人抱歉，请求客人离开。吃的没吃的一律免单，客人表示理解，全部撤出了。大家对这种突如其来的灾难束手无策，雨水势如破竹……

她打电话给商铺管理部门，对方顶着大雨赶过来看了之后说：“没办法，雨太大了。商铺是老房子，以前悉尼没有遇到过这么大的雨，配套设施不足，连改进的可能性都比较渺茫。”大家只好陆陆续续地下班了，管理商铺的人留下一句没什么办法也撤了，留下她一个人面对一片狼藉。

她整理了一下，已经晚上十点多了，她走进厨房，检查完之后准备关灯，正当她一脚门里，一脚门外的时候，突然一道亮光，整个厨房的棚顶一瞬间砸了下来，望着她身后的“残垣断壁”，她一时间无语，再晚一秒钟，她就被砸在里面了。

她在一片漆黑中逃出厨房，因为厨房和餐厅的用电线路不同，所以餐厅里还有灯光。她惊魂未定地独自坐在餐堂里发呆。恐惧、孤独、无助……这一切的一切霎时间占据了她的情绪，泪水不知不觉地从眼角滑落下来。十几分钟之后，她冷静下来开始思考下一步怎么办。报警？不行，太麻烦。一旦报警，不仅什么也解决不了，而且还会增加无形的麻烦，不知道要折腾多久才能再开业。她思来想去，决定打电话给一位搞装修的朋友试试运气。电话打通后朋友马上赶了过来，那时已接近午夜十二点。朋友认真地勘验完厨房之后问：“你需要尽快开工吗？”她：“越快越好。”朋友：“能停业吗？”她：“最好不要停业。因为这几天都已预约满了。”朋友：“那我们明天早上5点开工，大概需要五个早晨。”她：“好吧，太谢谢了！”他们谈好了价钱，她把钥匙交给了朋友。

就这样，早晨厨房抢修，十点以后师傅们克服一切困难炒菜。所有的员工同心协力陪着她一起度过了险境。那段日子让她终生难忘。

经过几天的奋战，一切终于恢复了正常。

她是艰难的，在这遥远的异国他乡，每走一步，都伴随着泪水。她又是幸运的，因为在每一个举步维艰的时刻，她都能顺利地渡过。借用此书出版之际，感谢那些曾经帮助过她的人。愿好人一生平安！

遥望夕阳西下时
暮色中琴声响起
任白云飘然远去
心中的你遥遥无期
回想缠绵往事
年少时的意乱情迷
转眼已相隔千里万里
——千万里
记忆的花园里
瑟瑟秋风起

感谢生命遇见你
魂萦梦牵难忘记
落叶飘过了小溪
我在思念中寻你

感谢生命遇见你
朝思暮想常相忆

命运潮落又潮起
真爱刻在灵魂里

每当朝阳升起时
晨曦中依稀有你
拥着我轻言细语
把我融在霞光里
回想缠绵往事
琴瑟和鸣惺惺相惜
如今虽已相隔千里万里
——千万里
记忆的花园里
鲜花已满地

感谢让我遇见你
情深意切永不渝
爱如山水总相依
百转千回难相弃

感谢让我遇见你
斗转星移也相吸
生命曾经的交集
必是永恒的回忆

法律是保护自身利益的最佳途径

郁闷两个字已不足以形容她此刻的心情。连日来噩梦连连，半夜里几次被惊醒。梦中，她独自一人或挣扎在独木桥上，下面波涛汹涌；或徘徊在无际的沙漠里，迎面偶遇一个人，张开血盆大口欲撕咬她；或攀登在陡峭的悬崖上，下面是万丈深渊。她疲惫而无助，但是她必须坚强地向前，向前，向前……

梦醒时分，她仍然要爬起来去面对现实中的困境，是的，是困境。在物业投资过程中，也曾困难重重。她曾从一个开发商手中购置几套物业，而那个开发商一直以她的朋友自居。几年下来，物业遥遥无期，她却在他最艰难的时候，将自己的资金倾囊相借，而后的数年间，她经历了很多生意上的起伏，错过了太多投资的机会，当对方渡过难关的时候，却否认曾经欠下的不菲的债务，虽然经过百转千回讨回了部分公道，但是这期间不仅损失了金钱，也伤害了感情。只因当时碍于情面而没有履行法律程序。

同样是一次物业投资，她在同一个开发商手中购置了几套物业，在成交的过程中，因为种种原因，她先期成交了两套。和开发商商榷另一套可否滞后几个月成交。当时，开发商一再承诺没有任何问题。可是，一个月以后，到了法定成交日期，问题出现了，开发商转身变脸，不仅通过律师提出尽快成交要求，而且每天加罚二百多澳币，追溯到前二十多天。这是一个多么可怕的要求？一个普通的澳洲人，从早上拼到晚上，一天也只有一百多一点澳币的收入，开发商竟然提出一天加罚二百多澳币，她如果不同意这个要求，首付款就会被吃掉。所有的承诺在一瞬间完全被利益颠覆，她无语。她的善良和轻信又一次付出了昂贵的代价。

她必须又一次为自己的幼稚买单。

这个世界不再相信眼泪，也无法相信承诺。在任何情况下，都要学会用法律手段来保护自己的利益。良心和承诺时常输给金钱和利益。可是，法律是何等的冰冷？在这个世界上，如果友谊、爱情、亲情遭遇到利益和金钱的时候，都要捆绑上法律的注脚，那么，温暖和爱从何而来？！

依稀记得儿时的模样
在一起渡过了最好的时光
我们曾经相聚在窗外的操场
笑声朗朗醉了嘈杂的课堂

书签悄悄飘落在地上
不经意间错过了情诗行行
追着一道道霞光
忽略了缕缕幽香

卸下了身上的行囊
听到秋叶沙沙作响
前方是暮色茫茫
美好的过往随时光流淌

为了梦想我们天各一方
少时的情谊源远流长
岁月掀翻了海浪
曾经的眷恋始终难忘

一个开美容院的女人

女人经历了华人世界早已经习以为常的故事，老公劈腿，“小三”逼宫，羞辱她：“一个百无一用的女人，马上滚出去，把位子给我让出来。”悲愤交加的女人选择了自杀。当她被死神拒绝的时候，被迫带着一双年幼的儿女，开始了全新的生活……

女人东挪西借凑齐了一笔钱，在悉尼开了一家 M.D Secrets 专业美容院。一年三百六十五天，每天十几个小时，守护着这家小店，全心全意地呵护着每一位光顾的客人。女人用良好的产品，优质的服务，精湛的技术，阳光般的笑容让自己的生意在同行业中脱颖而出。

工作以外，还要悉心照顾一双儿女，女人乐此不疲。辛苦并快乐着。

日子就这样匆匆走过。

她喜欢女人的坚强和执著，热情和优雅，偶尔光顾女人的美容院，亲眼目睹了女人的生意由小到大，由弱变强，日渐红火。一双儿女渐渐长大，而且成长得非常优秀。历经千辛万苦的女人，始终保持着温暖灿烂的笑容。

一天，她去女人的店里按摩，结束后她随便和女人聊了几句："怎么样？还一个人吗？孩子都已经结婚生子了，你也应该找一个伴儿啦。"女人依旧温婉地说："婚姻可遇而不可求，一切随缘吧。"

她笑笑离开，在心中默默祈祷：如此优秀而善良的女人，希望她的生意越做越好，早日遇到一个爱她、珍惜她、懂她的男人。

坚强不是一种装潢，而是现代社会的一种生活态度和生存方式。物竞天择，适者生存。在这个科技和物质高度发达，善良和爱心备受挑战的社会，要想活下去，要活得相对好一些，坚强和努力是唯一的选择！

是否还记得

那年

曾在我家门前走过

我呆呆地站着

选择了沉默

花悄悄地开了

又谢在不知不觉

蓦然回首

究竟错过了什么

跑着跑着

我们丢失了哪些

月亮圆了又缺

太阳升了又落

在夕阳西下的时节

是否还会忆起我

在爱中成长

悉尼的雨落得昏天黑地，让她想起了那个心灵的雨季。

女儿出生在生活的暴风骤雨里。那个午夜，当医生宣告已回天乏力，她们母女即将成为天使的那一刻，女儿竟然奇迹般地降生到了人间，开始了她们相依为命的岁岁年年。

女儿是快乐的，因为上天给予了女儿善良和美貌，健康和才情，爱和被爱。

女儿是坚强的，用稚嫩的肩膀过早地扛起了生活的责任。她们携手走过了人生的每一个冬季。每当她无助和绝望的时候，女儿都会挺身而出，为她遮风挡雨。

那是一个暴雨肆虐的夜晚，巨大的冰雹铺天盖地席卷而来。她们新买的车遭遇着冰雹的突然袭击。正当她举着毛毯犹豫不决的时候，女儿冲了过来："妈妈，我来！"话音未落，年幼的女儿已经爬到车上，迎着冰雹迅速地把车盖好。

每次，她被莫名其妙的人欺负的时候，女儿都会冲上前去质问对方:“你为什么欺负我的妈妈？”一边同对方理论，一边用瘦小的身体挡在她的前面。

每次遭遇困境的时候，女儿都会超乎寻常地冷静。她哭的时候，女儿会说：“为什么要哭？哭能解决什么问题。遇到什么事，就想办法解决什么事，眼泪和忧愁是帮不到我们的。”

是的，她喜欢哭。累的时候会哭，受委屈的时候也会哭；艰难的时候会哭，无助的时候也会哭；生病的时候会哭，一个人走在清冷的街上也会哭。总之，她是哭着长大的。可是，从小到大，她几乎没有看到女儿哭过。也许是因为她有些脆弱，所以女儿必须坚强；也许是她不够成熟，所以女儿必须独立去面对和解决生活中的难题。她们像朋友一样相偕成长，她经常会把生活、事业和感情上的难题扔给女儿去处理。

她的天真成就了女儿的成熟；她的无助，成就了女儿的坚毅；她的感性，成就了女儿的理性；她的天马行空，成就了女儿的深思熟虑……有时候，父母恰到好处地示弱，孩子们才能知道，不是什么事情父母都有能力去解决。在这个复杂的世界上，要想生存下去，要生存得有滋有味，很多事情要自己去面对，自己学会解决。自己学到的本领越多，驾驭社会的能力就越强。从小就要学会负责任，对自己的人生负责，进而对父母，对家庭，对朋友，对社会，对世界负责。在这一过程中，才能真正读懂“强者恒强”！

女儿怀着感恩和包容的心，自强不息地陪伴着她走过了人生无数个雨季。

这是一个伟大的，至少内心是伟大的孩子。因为女儿拥有一颗平常心，所以，在奔跑的路上，懂得收放自如，进退有序。

女儿拥有一个风风雨雨的童年，劳碌拼搏的少年，阳光而向上的青年。相信女儿的生命将在雨中成熟，青春将在打拼中完整。岁月给予女儿的每一份艰辛，都将是她人生的一笔巨额财富。

女儿是快乐的、健康的、平安的。如今，女儿即将为人妻，将来也将为人母。愿以此文祝愿女儿夫妻恩爱，白头偕老，健康快乐！

快乐，是最重要的。

一定要快乐，宝贝！

孩子的成长，应该先从爱和负责开始。先学会爱父母，对父母负责，然后才能学会对自己，对自己的人生，对他人，对他人的人生，对社会，对世界的爱和负责。

生活快乐就好
没什么大不了
放下所有烦恼
开开心心到老

感谢有你

在每一次寒冷的冬季里
感谢有你
你柔弱的身体
挡住了扑面而来的暴风骤雨

在每一次错误的抉择里
感谢有你
你坚强的笑靥
一次次刷新了我生命的意义

在每一次落魄的沮丧里
感谢有你
你的游刃有余
注入我勇往直前的强大勇气

在百折不挠的生命里
感谢有你
饱蘸岁月的笔
纂写出平凡生命的不朽传奇

做老板的艺术

善良是做老板的基础

做人要善良、厚道，做老板更应如此。无论生意的规模大小，老板既是经营者，又是领导者。想把生意推广出去，要获得客户的认可和支持，老板首先要做到善良、厚道。想要领导好一个队伍，争取员工们的齐心协力，老板要友善、厚道。都说:“路遥知马力，日久见人心。”不仅客户在看着老板，员工也在看着老板。如果老板对客户不仁不义，员工怎么会相信你，全心全意地跟着你，维护你？如果老板对员工不仁不义，客户怎么会相信你能对他们有情有义？

她是善良而厚道的，无论客户、朋友还是员工，跟她稍一接触，便会发现她的善良和厚道。她身上有一种与生俱来的质朴和简单，她不懂得什么叫“奸诈”，也不明白什么是“为商不仁”。她店里的每一份出品，都凝结着满满的爱。她的经营原则是：己所不欲，勿施于人！要把自己认为最好的东西呈现给客人。久而久之，不仅客人喜欢她，喜欢她的产品，员工也喜欢她，喜欢她的为人。有很多客人，从她开店跟到她卖店，十几年来，每个星期至少光顾一次，风雨无阻。她的员工，没日没夜地帮助着她，只要她需要，随时挺身而出，从来不谈钱。

那年的元旦，因为生意太忙，两位员工带病坚守岗位，从上午十点，忙到第二天凌晨五点。他们深爱着她，真正地与她“同呼吸共命运”。生意好时，他们比她笑得还开心，生意不好时，他们比她还愁肠百结。很多员工跟她携手走过了十几年的风风雨雨，无怨无悔。

因为善良，她化敌为友；因为善良，她赢得了客户；因为善良，员工心甘情愿与她同舟共济；因为善良，她以瘦弱之躯，行走江湖……

善良就像阳光和空气，是万物生长不可或缺的。随着时间的推移，它可以慢慢地融化冰雪，消除隔阂，争奇斗艳，迎风绽放。

不要感叹青春已经远走
有些梦始终珍藏在心头
轻抹斜阳在淡淡的午后
生命盛不下太多的闲愁

不要纠结经过抑或停留
微笑是行者最好的饰头
虽然遗忘了曾经的问候
至少还可以沉醉在深秋

坚强是无助最好的理由
宽容是缓解疼痛的借口
走着走着便学会了接受
笑着笑着就滋润了心头

人生要自己给自己加油
不喜欢逃避也不要奢求
淡泊名利才懂白云悠悠
宁静致远方知人间何求

尊重每一个员工是做好老板的前提

所谓老板，只是一个投资人，一个团队的指挥者。没有员工，没有整个团队的支持，任何事情都无法完成。在现实生活中，她见过很多老板，无论投资规模大小，始终一副高高在上，凌然不可一世的气势。轻则大呼小叫，重则高声谩骂。整日苦着一张脸，仿佛全世界都亏欠他们一样。这样的心理素质和行事风格，如何带领一个团队走过泥泞？商场如战场，既要运筹帷幄，也要经得起风雨。作为投资人和掌舵人，首先要驾驭自己的感情，不要把不良情绪带到工作中，更不应该随意发泄到员工身上。

有些老板，无论生意好或不好，都会跟员工发脾气，经常是骂骂咧咧。搞得员工无所适从，离心离德，怨声载道。

生意的好坏，是老板经营的问题，要从自身经营方法上找原因；生意好时忙乱不堪，服务混乱，是老板管理的问题，要从自身管理措施上找原因。这些与员工无关。员工的职责，是在有效的工作时间内做好本职工作。身为老板，如果连最基本的职责都搞不清楚，对员工的基本尊重都做不到，又如何带好整个团队，如何争取员工与他同甘共苦？

她不是一个成功的经营者，但作为老板，她始终赢得了员工的爱戴和拥护。她永远的淡定从容，阳光灿烂，不温不火，不卑不亢。从选择经商之路开始，她就已看淡赢输。努力，再努力，锲而不舍，赢得起也要输得起。所谓：宠辱不惊，看庭前花开花落；去留无意，望天空云卷云舒。

她知道，没有员工，她什么都不是。有些东西，不是钱可以换来的，人心是企业经营和发展的根基，而要获得真心，你首先必须交出真心，在这个过程中，尊重和爱是最重要的。

她不喜欢高谈阔论，她只知道，你拿别人当回事，别人才会拿你当回事。她尊重每一位员工，从大厨到洗碗工，而且是真心实意的。每一款出品，都会尊重和参考大家的意见。别人为她付出了劳动，她会给予相应的肯定，付给相应的工资。应该加薪的，她适时加薪，从来不需要员工提出。她懂得员工的辛苦和艰难，员工也理解她的疲惫和不易。每个人的能力和体力不同，大家都是因为生存而走到一起来的，每个人都有自己的眼泪和无奈，她能一视同仁地对待每一个人，尊重每一个人，爱护每一个人。每次安排工作，她不仅考虑自己的需求，也用心参照员工的实际情况，尽最大的努力满足双方的需求，以达到共赢，而不仅仅局限于一己私利。干活慢一点没关系，用心就好；不熟悉业务没关系，熟能生巧；她经常挂在嘴边的不是“快点干，快点干”，而是“小心点，注意安全，千万不要伤到自己。”“做不动就休息一下吧，别累坏了。”“千万不要去赌了，赚点钱不容易，能攒就攒点钱吧，在国外生活，没有钱是万万不能的。”她对员工的尊重和爱护，换来了员工对她加倍的尊重和爱护。一次，她的包丢了，她没哭，员工却因为心疼她而哭了。员工见到她，问得最多的不是工资和待遇，而是“你吃饭了吗？想吃点什么？”“注意身体，千万别太辛苦啦。”

爱，一定会塑造爱。尊重，一定会赢得尊重。

尊严不是声色俱厉，而是言行得体。懂得尊重员工的老板，才能赢得尊严和爱戴。所谓：得民心者得天下。

不能有些许的缠绵
不敢触碰心底的柔软
纵然是思绪万千
也只能遥看着天边

花开花谢并不遥远
潮涨潮落仿佛在昨天
期盼着昨日重现
岁月已回不去从前

用制度规范企业，创造宽严相济的环境

无论企业的规模大小，都需要有严格而严密的管理制度，做到责、权、利分明，而不是老板或者管理者的“随性而为”。这样，既可以让员工有“据”可依，又不会伤了老板与员工之间的和气。要知道，和气才能生财。

在与员工共同发展的那些日子，她尽可能让自己的生意分工明确，每个岗位，每个员工应该负责什么工作都有明文规定。每个应聘者上岗之前，她都会将这些“细则”讲得清清楚楚，并争得员工的同意。她的态度柔中带刚，最坏的、最“苛刻”的规矩都讲了，可以吗？心甘情愿遵守的，请留下来，不能接受或者不能遵守的，不要勉为其难。一切职责、待遇都讲清楚了，规章制度都贴在墙上了，合作起来就轻松了，无需啰哩啰唆，说东说西。

生意有好有坏，忙的时候，大家齐心协力争取做到最好。闲的时候，员工稍有休息也无需大惊小怪。人，不是机器，不可能一直高速运转，劳逸结合是最科学的。洋人的公司，员工八个小时的工作，除了午餐时间，中间还有上午茶、下午茶时间，这是对员工健康的最大尊重，也可以最大限度地提高工作效率。所以，服务于洋人公司的员工，笑容永远是灿烂的。而服务于华人企业的员工，很多

时间都是沉着一张脸。高强度的工作，紧张而无序的环境，忽冷忽热、忽左忽右的老板的态度，让很多员工倍感无措，怨气连天。迫于生存的压力而疲于奔命而已。

她打工的时候曾经认识一个女孩，一天十个小时不停地擀皮，擀到双手红肿发炎，老板还认为擀慢了，在后面不停地催促。员工已经累得快虚脱了，老板仍然不满意地乱发脾气。这样的老板，员工如何喜欢？这样的工作，员工怎么热爱？

她不敢说自己做得很好，但至少她尽力了。在她的老板生涯里，员工没有累跑的，气跑的，闹情绪跑的，很多员工都一心一意地留在她的身边，在她最艰难的岁月里，仍然坚守在工作岗位上，不离不弃，与她共渡难关。迄今为止，仍然有员工打电话问候她，希望有朝一日能够再次与她合作。

愿借此文发表之际，感谢那些曾经与她携手并肩的员工们，那些在她充满泥泞的日子里，无怨无悔地陪伴在她身边的员工们。他们的好，她将永远铭记在心！

老板需要对企业进行管理，但最好制定出切实可行的措施和规章制度，而不是动辄大呼小叫，任性妄为。你是谁并不重要，重要的是你的决定是否可以服众。员工如果不能心悦诚服，一切美好的措施都是枉然。

天上的云朵忽近忽远
地上的小草长满田间
白天的太阳夺目耀眼
夜晚的月亮时缺时圆

枝头的绿意深了又浅
季节的颜色浓了又淡
秋天的色彩层林尽染
梦想的翅膀跨越山峦

先舍后得

作为老板，一定要懂得知恩图报，该付出的要付出，应舍得的要舍得，先舍而后得。情愿自己吃点亏，也不能占员工的便宜。路遥知马力，日久见人心。时间久了，你为员工付出多少，员工也会在工作中加倍的回报给你，员工真心实意的努力，注定会给企业带来生机和活力。所谓：吃小亏，占大便宜。

对于员工而言，时间就是金钱，绝对不能白白占用员工的时间，如果员工因为迫不得已的情况而超时工作，除了感动和感谢之外，一定要付给员工超时所应付的工资，只能多不能少。老板做到了，员工才能做到。

员工不需要太多的大道理，他们要生存，要养家糊口，给他们相应的报酬，这是比任何甜言蜜语和大道理都来得实在。生活才是他们的第一需要。员工开心了，工作效率提高了，老板才能开心。

一次，她的店里的一个师傅生病，需要另一个师傅顶替两周。这样下来，顶班的师傅需要连续工作十四天，这是非常辛苦的。她不仅发自内心地感谢这位师傅的帮忙，而且在开工资的时候，每周多付了二百澳币。是的，也许正常付工资，师傅也不会有什么想法，或者碍于面子不会拒绝什么，但是作为老板，更应学会“知恩报恩”。也许员工的鼎力相助并不是为了老板报答什么，但是作为老板，在员工为你额外付出的时候，你除了用真心去表达感激之情外，也要给予相应的报酬，这对于彼此之间的继续合作和相互帮助绝对是有百利而无一害的。有利润大家一起分享，合作才能共赢。

她认识一个老板，是个非常大气而又有远见卓识的人，从来不会因为小事和员工计较，能为员工创造方便的，她一定会想方设法为员工创造方便。有时候，员工因为堵车等原因迟到了，她一向都表示理解，而且从来没有扣发员工的工资。如果员工下班时间到了，虽然很忙，她也不愿意多占用员工的时间。这样的老板，员工想不喜欢也难。为她工作也自然心甘情愿。

有一个真心实意帮助你的员工，是老板的幸运，有一些真心实意帮助你的员工，是老板的幸福，有一个团队的员工真心实意地帮助你，老板想不成功也难。

灵魂若能交谈
天涯即在掌间
心如隔了座山
咫尺仿佛天边

一字溢出温暖
一曲滋润心田
无需千肠百转
只求自然悠远

青春渐行渐远
岁月拨动心弦
如若无悔无怨
何叹寂寞多远

并不奢侈的爱情

十年了，每次看到他们，都是手牵着手，从马路对面走过来。刚开始，她以为他们是一对“老情人”，相处久了，慢慢地了解到他们是一对非常普通的老夫妻，相濡以沫六十载。就这样手拉着手，肩并着肩，风雨同舟，不嫌不弃。

这样的故事，在澳大利亚并不足奇。澳大利亚人的爱情观也像澳大利亚的人一样，朴实无华，平淡而隽永。他们没有惊天动地的语言，也没有死去活来的演绎，但是他们用相互尊重、彼此关爱很好地诠释了爱和“陪伴”的真正的内涵。

澳大利亚人的家庭观念很强，他们不会轻易决定结婚，如果没有把握和你终身相守，他们可能选择单身，甚至孤独终老。当然，他们会找情人或去妓院消遣。但一旦决定结婚，家庭对于他们将是至高无上的。他们的工余时间和周末一定是属于家人的。除了工作以外，任何形式的聚会，他们几乎都是以家庭形式出现，这对维护家庭的稳定无疑是有好处的。每逢周末或节假日澳大利亚人都会有不同形式的家庭聚会，这种聚会不仅可以促进朋友相互之间的友谊，也不同程度地增加了夫妻和家人之间的感情。

这就是澳大利亚人的爱情，虽然不会让人激动，却始终令人感动。

轰轰烈烈，死去活来的感情，不一定就是真爱。相濡以沫，白头偕老才是真正的幸福。

前世
你欠我一份痴情
约好了一起数星星
你却在与百鸟争宠
星稀月明
独享幽静
只有漫天的流星
却不见你的行踪

今生
我欠你一份柔情

相遇时我们太年轻
彼此之间无法读懂
孤帆远影
相向而行
仰望那北斗七星
渴求着情有独钟

来世
我们要风雨同行
一起攀登崇山峻岭
携手穿越酷暑严冬
国富家兴
天下太平
生生世世不了情
相濡以沫共始终

真正意义上的男女平等

在澳大利亚，男女平等体现在方方面面，在家庭生活方面，男女共同承担经济责任，没有男人必须养女人的概念，也没有女人必须负责家务的规矩。偶尔走在街上，经常会看到男人抱着孩子或者推着婴儿车，女人悠哉地走在旁边。偶尔还会看到一个帅气的男人，身上绑着一个特制的布袋，袋子里面放着孩子，仿佛袋鼠一样，怡然自得地逛街。在公共场所，男人为女人披外衣，开车门，拉凳子，夹菜……更是司空见惯。而女人赚钱分担家庭经济开销也习以为常。如果哪一天男人突然告诉女人："今年家里的费用由我一个人来负担，你什么都不用管了。"女人反而觉得不可思议了，会莫名其妙地问清楚："为什么？这是我的权利，为什么突然间被剥夺了？"

从小所接受的教育告诉她们："当义务被剥夺的同时，权利也相应地失去了。"澳大利亚人非常在意作为独立的人的人格，非常在意生命的价值和生存的乐趣。对父母，对子女，对家庭，对社会承担责任的过程，也同时是享受乐趣的过程。女人，除了作为女人，首先是人，其次才是女人。做为人所应该具备的能力和生存本领决定了女人的社会地位和在男人心目中的分量以及尊重程度。

当一个女人连基本的生存都要依附于男人的时候，平等和尊重将无从谈起。

我愿
在你的歌声里沉醉
忘了旅途的疲惫
你的柔情将我的世界包围
天涯海角相爱相随

我愿
在你的笑容里入睡
忘了世俗的乏味
借一缕海风送去我的依偎
你若无怨我亦无悔

舒适是澳大利亚人的首选

澳大利亚人最大的愿望就是活得舒适。这是他们生活的第一选择。他们的药店很多药一定要有医生的处方才可以卖，但止痛药不在此限。而且止痛药的种类非常多，治头痛的、颈椎痛的、腰痛的、背痛的……随便你哪里痛，都有对应的止痛药，目的就是要舒适，不要痛。一次，她的一个朋友突然腰痛，她叮嘱朋友一定要认真检查，找不到病因千万不要离开医院。晚上她打电话过去："怎么样了？"朋友："我已经上班了。"她："不是让你检查清楚再离开吗？"朋友："医生已经给我吃过三次止痛药了，他们问我，还痛吗？我只要一说痛，马上止痛药吃上，再吃我就要吐了，所以我说不痛了，于是他们就让我走了。"原来是从医院"逃"出来的。真的是啼笑皆非！舒适过度有时也会演绎出许多"精彩"的故事。

记得有一次她去洗牙，医生要给她扎麻药，她很怕，说："我们在中国洗牙是不需要麻醉的。"医生非常惊讶地问：“为什么？那不是很痛苦吗？用了麻药就不会痛了，为什么要选择忍受疼痛？”她无言以对，只好送上微笑。总之，我们不能理解他们努力甚至不惜一切代价去追求舒适，正如他们无法理解我们为了赚钱而不懈努力，甚至不惜一切代价。这也许可以称作“文化差异”吧。

西格蒙德·弗洛伊德说过：努力地工作及爱人，只要能做到这两件事，其他的事就没有什么困难。我们是否应该理解，追求舒适应该在努力工作和爱之后呢！

我愿
在你的柔情里放歌
把深情汇成江河
无惧旅途遥远天涯相隔
把爱注入你的心窝

我愿
在你的心海里婆娑
把生命舞得鲜活
纵然狂风暴雨风驰电掣
送你一片港湾停泊

民风淳朴，低调而友善

时下很多人会戏称澳大利亚为“大澳村”，除了暗示澳大利亚的城市建设有些土气之外，在某种程度上也显示了澳大利亚人的淳朴、低调和友善。无论你走在繁华的都市，还是漫步在无际的沙滩，抑或是徘徊在幽雅的乡间，不期而遇的人都会向你投来善意的微笑和礼貌的问候，可谓“相逢何必曾相识”。他们很喜欢聊天，即使素不相识也会像老朋友般聊上几句，侃侃天气，吹吹环境，没有丝毫的戒备和防范。

一次，一位客人买完东西之后，见她是中国人，就兴致勃勃地和她聊起他的中国女朋友，怀里还抱着一箱很重的啤酒，如果不是因为她有事中途打断了他，不知道他还会聊多久，他根本不介意彼此只是初次见面。

澳大利亚人的低调也是人尽皆知的。他们穿着低调，谈吐低调，仅从外表你根本无法判断他是亿万富翁还是身无分文。有人说，想知道澳大利亚人的身价，不要看他们说什么，穿什么，而是去看看他们住的是什么房，开的是什么车。有一次，因为工作上的关系，她去见一位客户，见之前朋友介绍说这位客户是位亿万富翁，经营房地产二十多年。到了约会地点，停好车，只见路旁站着一位老者，身着装修工人才穿的工作服，旁边停着一辆装满油漆和涂料的货车。如果不是朋友一起来了，她无论如何也无法把老人家和那位富豪联系在一起。这样的故事比比皆是，这就是澳大利亚人的作风，朴素而务实。

澳大利亚的温暖不仅仅体现在自然环境，也包括人文环境。一次，她的车一下高速便出了状况，她把车停在路边，正在左顾右盼，突然一辆汽车停在她的车旁，车上下来一位美女，问她需要帮忙吗？她有点不知所措，简单介绍了一下刚刚的情况，美女听后娴熟地钻到车底，十几分钟后才钻出来，然后打开后备箱，取出备用胎和千斤顶，几分钟后帮她换好备胎，告诉她："可以了，今天可以开回家，不过明天一定要去汽车修理厂，轮胎要换。"她感激涕零地道着谢，美女用餐巾纸擦擦手，一个漂亮的转身，开着美丽的跑车飞驰而去，留下还没有回过神的她伫立在暖暖的风中，任思绪漫天飞舞……

没有钱是万万不能的，但是，爱、尊严、幸福……与钱无关。

思念
在每一个暮色中点燃
遥望着无际的海滩
没有船可以到达彼岸
隔着层层山峦
你仿佛站在天边
随白云忽近忽远
伴晓月若明若暗
咀嚼着一缕思念
独倚阑珊

烙　印

不只是爱情让人刻骨铭心，有一种情谊一样凝聚成永恒。

在她最无助的时候，那个男人无私地帮助了她，并且为她买了一张单程车票，亲自把她送上了通往幸福的列车。明知道这将是一份不属于他自己的幸福，却付出得无声无息，无怨无悔。那份真诚时常让她感动。

爱，可以超越国度，超越语言，超越年龄，超越性别，甚至超越私欲。一份只盼你过得好，可以融化冰雪，消除寒冷。

在人生之旅途上，因为不计后果的性情，时常让她陷入莫名的窘境，本应安安稳稳地生活，却把一切搞得七零八落，永无安宁。午夜时分，偶尔会忆起这份无望的痴情。

在漫长的岁月里，她始终不愿打扰这份平静。那些来自于远方的叮咛，暖暖的支撑着她前行。真诚和关怀伴着脚步声声，只有不懈努力才能对得起人世间的这份美好与虔诚。

大爱注定引起共鸣，真诚必将赢得掌声。

人生百味，有一味注定是用真心调合成的永恒。

我们生活在一个艰难的世界，永远都不要忘记那些在你最无助的时候，曾经帮助过你的人。

曾经沧海仍为水
丝丝柔情也作为
酒不醉人人自醉
云淡风轻论经纬

欲罢不能的房地产神话

由于澳大利亚的自由、恬静、悠闲以及浪漫写意的阳光、海滩，温暖如春的环境、气候，深受世界各国人民的喜爱，移民趋之若鹜，房地产市场自然如火如荼，让人欲罢不能。关于这个话题最近吵得沸沸扬扬，争论不休。近年来，由于种种原因，澳大利亚的经济不是很景气，矿业出口量锐减，直接影响到国计民生，澳大利亚除了矿业被世界瞩目，接下来就是牛羊肉。居高不下的社会福利给澳大利亚政府带来了前所未有的压力和挑战。在这样一个举步维艰的大环境下，房地产市场异军突起，无疑挽救了澳大利亚经济的衰退。房地产市场的火爆为澳大利亚的税收增添了无限的生机。对于澳大利亚经济和国计民生无疑是利大于弊，这应该是不争的事实。

澳大利亚尤其是悉尼的房地产市场每天都在上演着童话故事。目前的这种供不应求的情况加剧了房地产的升值，尤其是永久拥有土地的别墅更是让人望尘莫及。十几年前，在前景并不乐观的情况下，她果断地走进了房地产市场，凭借着对市场的判断，为自己赢得了利润。

喜欢就去做，不要过于计较得失，这个世界没有百分之一百的成功，只有百分之一百的努力。

相爱到
天荒地老
不要面包
只要相伴到天涯海角
一起看星光闪耀
放下凡尘的困扰
你若是天空我便是小鸟
飞翔在你宽阔的怀抱
风雨中尽显妖娆
旭日下百媚千娇
你若是大地我愿是小草
为你披上绿色的外套
衬托你的殷实富饶
秀出你的伟岸峻峭
相爱到
天荒地老

如痴如醉的“酒文化”

在澳大利亚，十八岁是可以饮酒的界限，只要年满十八岁，兜里又有钱，你就可以对酒当歌。所以在酒铺里，经常会遇到那些刚满十八岁的人兴高采烈地过来买酒，仿佛庆祝成人礼一样。而且在饮酒这一点上，女人丝毫不逊色于男人。饮酒如同赏花，成为澳大利亚人生活的主旋律。在外出用餐方面，他们也许还会斟酌一下价格，而饮酒则更为随性。各种规模的酒吧、酒铺、酒庄把澳大利亚装饰成温馨而醉人的浪漫之都。随便你走在大街还是小巷，随处都可以看到澳大利亚人端着酒杯坐在酒吧里饮酒，即使一个人也能独享其乐。一杯红酒，一包薯条就可以畅饮一个无风的夜晚，这是我们穷尽一生也无法读懂的风景。

在澳大利亚，酒庄就是一道风景线，几乎所有的游客，都会去澳大利亚的酒庄参观和品酒，这已经自觉不自觉地成为了一种时尚和文化交流的平台。很多酒庄充满着浪漫和唯美的情调，仿佛格林童话般的存在，令人流连忘返。

很多酒庄还设有别具一格的酒店，设计和装潢都充满文化和艺术气息，知道的是进了酒庄，不知道的还以为到了艺术博物馆。你只要花上十澳元，就可以在这个“艺术天堂”里品尝各种各样的美酒，旁边还有美女萦绕，可谓酒不醉人人自醉。如果你买上一瓶酒，那你的品尝就是免费的。她偶尔会去酒庄走走，虽然不喜欢喝酒，但却很陶醉于那份浓浓的透着浪漫的异域风情。

在澳大利亚，卖酒必须拥有特别的执照，而且设有很多限制，所以，随便一个酒铺，都要投资几十万澳元，而且酒业法律法规非常严格，所有执业人员都必须持证上岗。一旦违反，惩罚非常严厉，严重者还要坐牢。

澳大利亚的葡萄酒享誉世界不是没有道理的，除了选料上乘，制作程序也极尽规范，恪守诚信。一次，某酒庄的优质葡萄因比邻的酒庄喷洒农药而受到影响，无法确保葡萄的纯正性。于是，该酒庄取消了本年度此酒的生产和供应，宁愿承受经济上的巨额损失，背负赔偿责任，也要守护百年品牌。这就是澳大利亚商人的职业操守。

如今这世界，就是太缺少这种坚守，所以什么都变了味道。

澳大利亚的“酒文化”足以媲美中国的“茶文化”。这是个“无酒不欢”的民族。

质朴中透露出神秘而隽永
蓝天白云伴随着脚步声声
海内外的游客在为你攀登
跋山涉水想一睹你的真容

用真诚写下了博爱和永恒
美丽的倩影始终如幻似梦
火热真情洒满艰难的旅程
聪明和智慧写下不朽传承

恪守游戏规则

在房地产交易中，她曾经犯过幼稚的错误。为了准备资金，有一套房子需要延后交易。她通过中介朋友和开发商讨论："是否可以延后交易？如果不可以的话，就马上想办法成交。"经过几次反复的确认，开发商始终承诺："不急，没有关系，过几个月交易没有问题。"她开开心心地进入倒计时。突然某一天，她接到开发商的律师信，告知："交易时间已过，从上个月末起，每天罚款二百余澳元，要尽快成交，否则订金将被全部没收。"

她被迎头敲了一棒。她的律师也非常震惊，开发商不是承诺没有问题吗？她打电话问询，开发商的回复非常清楚："按合同规定执行。"一句"按合同规定执行"，把先前的承诺一笔勾销。因为没有书面依据，在法律上不受任何保护。即使尽快交易，走完所有的法律程序也要一段时间……

经过了百转千回，最后房子终于成交了，但是她再次为自己的“轻信”交出了昂贵的学费。

她不想推断开发商是故意而为之，这件事归根结底是她的错，她没有看过合同。律师、售楼中介都是她多年的朋友，她不知道合同上关于延后交易所要承担的法律后果。大家一致相信开发商的“仁慈”、“大度”和“口头承诺”。除了开发商，整个故事里的人都来自中国，是纯正的中国人，大家虽然在澳大利亚打拼了很久，但始终延续着中国人独有的“义”字，中国式的教育对所有人的影响太大了。这种心安理得地信守口头承诺，不要书面材料，不按游戏规则办事，让她再一次付出了沉重的代价。

规则就是规则，不遵守一定会受到惩罚。

和商人打交道，尤其是和西方国家的商人打交道，必须要遵守游戏规则。在利益面前，他们翻脸比翻书还快。

在那遥远的地方
有我灵魂的奢望
岁月远去了时光
却无法抗拒花香

白云织成了霓裳
蓝天沉醉于海洋
海鸥轻声地吟唱
唱出生命的怒放

步步惊心

很多人喜欢和羡慕当老板，利润多，又不用听别人指手画脚。可是，老板的头衔背后，有着多少不为人知的故事。

那年，她经营的餐馆发生了三次火险，差点酿成大祸。师傅们开着油锅，擅离职守，油锅自燃，火势凶猛。她正在餐厅里忙，听到厨房一片哗然，便飞奔过去。只见大火已经蹿到屋顶，为了灭火，师傅们的头发和眉毛已被烧焦，情形非常紧急，火势趋于失控。她的呼吸在一瞬间骤停，愣在那里足足有一秒钟。如果任由火势蔓延，这一排商铺很快就会化为灰烬，即使消防出动，也回天无力。在员工的一片惊呼声中，她猛然惊醒："灭火器！快打开灭火器！"她勉强镇定地指着。由于过度紧张，大家都忘记了这一点。经她一喊，几位师傅迅速打开灭火器，经过几分钟的战斗，终于化险为夷。她再次躲过了一劫。

厨房里面的工作人员惊险纷呈，大厅里面的客人却仍在气定神闲地用餐。因为客人太多，根本没有注意到厨房里面发生的事情。面对“战后”一片狼藉的厨房，她的心情久久不能平静。她回想起多年以前，有一次，她的商铺电线失火，一位年轻的员工端起一盆水准备浇上去，旁边正忙着的师傅一脚将水盆踢开，立即拉下电闸开关，既挽救了那名员工，也拯救了她的生意，否则后果不堪设想。老板，何止一个难字了得！

另外两次几乎引起火灾的事故，她没有在现场，事后员工认真地汇报了事故的经过。损失是有的，万幸的是没有酿成大祸。但是，这几次有惊无险的火灾事故，给她造成了较大的心理压力，每当师傅炒菜火势太大时，她都会深感忧虑。以后的日子里，她几乎每天都会提醒工作人员，一定要遵守操作规则，安全是第一位的，水火无情。

当你拿起权力和利益的时候，你也同时扛上了责任和风险，你的生活也开始如履薄冰。

生活没任何借口

什么都不是理由

看落叶洒满街头

用心守候着晚秋

轻风送来了问候
盛满夏日的温柔
飞雪把痴情浸透
讲述着往事悠悠

母　亲

这是一个让她刻骨铭心的故事，什么时候想起来，她都会痛彻心扉。

母亲是个不善于表达感情的人，有时甚至有些急躁。母亲这一生，大多数时间都是和她一起颠簸着。时而分分合合，时而轰轰烈烈，时而哭哭啼啼，时而悲悲喜喜，母亲就这样无怨无悔地感受着她的喜怒哀乐，分享着她的起伏跌宕，时而痛着，时而乐着……

那一年，母亲帮她照看生意，她在外面奔波着，意外突然发生了。她的餐馆的煤气罐突然起火，火势迅速蔓延，情急之下，年迈的母亲抱起燃烧着的煤气罐向店外无人处冲去。

在众人的一片惊呼声中，她的弟弟正巧赶到，千钧一发之际，急时关闭了煤气罐，扑灭了熊熊燃烧的火焰，避免了一场重大的伤亡事故。

这段往事，何时想起她都心有余悸。如果不是弟弟的及时赶到，如果不是弟弟的镇定和经验，她这一生有可能再也见不到母亲了，那种痛将陪伴她到老，只要想想都会毛骨悚然。

事后她曾问过母亲：“妈妈，你当时为什么要那样做？煤气罐分分钟都可能爆炸，为什么要冒着生命危险抢出煤气罐？为什么当时不跑？”母亲轻描淡写地说：“什么都没想，只想保住你的财产和店内人员的性命，这是你一生的心血，妈妈老了，死了也无所谓了。”

这就是母亲！这就是母爱！它无法用世间任何的语言和文字来表述！

有母亲的日子是幸福的，母亲用生命教会了我们如何爱、自爱和被爱！

母亲是棵大树
等待儿女驻足
累就停下脚步
想哭你就大哭

汗水扬起尘土
泪水画出沉浮
母爱凝结成露
化解一世无助

救世军的爱心之旅

在澳大利亚，有这样一些人，他们把自己不用的东西洗洗干净，装进整洁的袋子里，送到一个固定的地方。然后有专门的人将这些东西用车运走，经过认真的清洗消毒，然后送到特别的店里，大家称这些店为“救世军”。那些生活比较拮据的人们会用一或两澳元等非常便宜的价钱买回家，解决了生活的实际需要。

在她的店铺旁边，就有这样一个固定回收旧物的地方，每天都有人开着车大包小包地送东西过来。那些东西都非常好，整理得干干净净，有些东西还是全新的。这就是澳大利亚救世军的爱心之旅。它成了澳大利亚的另一道亮丽的风景。

爱，就是这样的一种存在。它可以激发人性善的一面，去关心那些素未谋面、素不相识的人。

在那遥远的地方
种下了我的梦想
伴着岁月远去了时光
也曾错过花香
我想摘下白云一朵
做成洁白的衣裳
何时可以飞过海洋
报效我的故乡

我心中有座毡房
溢满醉人的酒香
那里留下儿时的脸庞
还有莫名惆怅
如今我欲纵情歌唱
唱尽美好的希望
我愿浓缩所有忧伤
写下爱的芬芳

酷爱中国饺子的洋人

洋人非常喜欢吃中国的饺子，她餐馆的饺子品种繁多，卖得特别好，常常是供不应求。所有的饺子，都是她自己研制的配方，深受欢迎。很多洋人客，几乎每周都来，有的甚至从很远的地方赶来，吃完之后还要打包带走。看着客人排着队等饺子，她特别有成就感。熟悉她的朋友时常无法理解地问："你的梦想就是远涉重洋来澳大利亚开餐馆，然后包包饺子吗？"她淡定地笑笑："有什么问题吗？"

是的，她有梦，为了那个遥远的梦，她漂洋过海，来到了这个陌生的地方，一切从零开始。她现在做的每一件事情，都是为梦想铺垫；她洒下的每一滴汗水，都是为梦想而努力；她取得的每一点成就，都缩短了与梦想的距离……

一个人最大的价值不是你有什么梦，而是你能把眼前的每一件事情做好。

不要动辄喊痛得要命
每个人都在斩棘披荆
迎着阳光出行
何惧身后的阴影

生活也常常如履薄冰
黄昏之后一定是黎明
落魄也要心定
风光时更应清醒

不设防的美女帅哥

澳大利亚人的朴实和单纯可谓登峰造极，他们没有害人或被害，骗人或被骗的概念，朴实无华的土壤，培养了澳大利亚人淳朴而善良的个性。这一个性体现在生活中的每一个细节。

在餐馆用餐的客人，不仅常常把包包放在地上，手机、电脑、钱包等放在餐桌上，而且去卫生间也会毫不顾忌，根本不担心有人会偷。更为夸张的是，有时新来的客人，看到前面的客人吃剩的点心等没有打包带走，会非常绅士地问服务员：“我可以吃吗？”获得允许之后，他们便毫不掩饰地边吃、边赞、边点菜，非常地自然，没有丝毫丢面子的感觉。

简单活出快乐，轻松活出诗意。有些辛苦是人类自找的，不作不痛。

寻寻觅觅
为梦想痴迷
沧海中不懈努力
艰难中矢志不移
因为梦在心里
活出一片天地
生命不息
不遗余力

偶遇大学老师

世界真的很小，走着走着就相遇了。那是一个周末的早晨，因为太疲惫，想放松一下身心，便去了附近的一个按摩中心按摩。负责人员热情地安排了一个中医过来。她一抬头，彼此都愣住了。他们曾经在同一所大学待了四年，他是老师，她是学生。毕业以后再也没有见过，却相逢在大洋彼岸。她不好意思接受，总不能让久违的老师为自己按摩吧，又不好意思拒绝，大家都是出来赚钱的，好不容易等到一位客人。于是她请他简单地按了一下肩膀，大家聊了一会儿。

老师移民澳大利亚也有几年了，一直找不到合适的工作，为了养家糊口，学了一些按摩的常识，收入还不错，便以此为生。老师按摩的手法还比较专业，也许真的钻研了一段时间。望着老师略显苍老的面孔，她咽下了想问的话。

在澳大利亚，这样的按摩中心随处可见，工作人员都是从中国移民或者留学过来的。很多客人对按摩的技术要求不是很高，老板对应聘人员适当的培训之后即可上岗，一般没有底薪，按工作数量分成，有的五五分成，有的四六分成。工作虽然辛苦，但是压力比较小。有的人想多赚点钱，有的人不想受老板的气，便选择了中医按摩这一职业。当然，也有一些人或许真的热爱这一职业。

当生活成为第一需要的时候，热爱与否似乎已经不太重要。她从老师的目光中没有看到爱和激情，那眼神儿的背后，隐隐地透出了淡淡的忧伤与无奈。

那个曾经天天抱着电脑来她店里找工作的中年男子，据说也曾是中国某大学的教师，也在这个按摩中心工作了一段时间，他干活的速度慢得惊人，也许只有这里才适合他吧。按摩真的不需要速度，水平如何大家都心知肚明，客人也不会要求太高，否则只有飞去中国按摩了。当然，在澳大利亚，也有一些比较专业的中医按摩师，那只是凤毛麟角而已。

澳大利亚是个充满魅力的国家，生活绝对是一流的。但是，对人才的浪费也的的确确是登峰造极的。

曾经想呼唤你
在浓浓的夏日里
几次拿起笔
又无奈地放弃

心空星光熠熠
不敢有些许传递
唯默默无语
独守心底秘密

满脸的不在意
远远地望着天际
诉说给星雨
我心里的希冀

情感的世界里
时常搅动着迟疑
不知道心意
应该绽放几许

所有的美丽
都将变成回忆

在岁月的河道里
故事越来越浓郁

不想说唯一
爱没那么容易
守着这份默契
伴着夕阳老去

送外卖的画家

他是美术学院毕业的，他的画行云流水，别具匠心。可是画得再好却解决不了眼前的衣食住行，梦想与现实之间始终存在着摩擦。于是，他白天画画，晚上放下画笔，在一个中餐馆送外卖。这个看似与梦想大相径庭的工作，却可以解决全家人最实际的吃住问题。

生活中只有“面包”不行，可是没有“面包”却寸步难行。在澳大利亚，有太多太多的人才，在他们追求梦想的途中，有着许多辛酸的故事。有些人甚至穷其一生也无法实现梦想。残酷的现实让很多人怀着梦想为“五斗米”折腰。

她认识一位音乐家，自幼酷爱音乐，梦想着在这个领域中有所建树，时光荏苒，由少年走到白头，他仍然默默无闻地努力着。一年前，他开了一所音乐学校，想通过培养一些音乐方面的人才以实现自己的梦想，可是常常是入不敷出。每次看到他那一脸的憔悴，她就想：空有一身才华，满腔抱负，还不如有一间什么技术含量都没有的酒铺来得实惠。现实常常让人无语。

和她一起共事的一位洋人，曾经是一位音乐制作人。十几年沉醉在自己的音乐世界中，而今一贫如洗，人到中年依然形单影只。虽然心怀梦想却要每天靠打工维持着基本的生活。

她时常会想起盛唐时期最负盛名的大诗人李白，虽然名留青史，诗雄天下，心高气傲，却一生落魄而郁郁不得志，空有“千古奇才”之誉。在现实的重创下，能够坚守住梦想的人，是多么的难能可贵！

有梦想的人不一定富有，也许一生也无法实现梦想，始终过着清贫的生活。但是，他们活得快乐而充实，有那么一天，当他们离开这个世界的时候，他们会欣慰地说：我努力过了。

月光如水云悠悠
光阴染白头
问天情归何处
今夜与谁守
经年后
落雁去

心依旧

执子之手

红尘看透

情锁深秋

备受青睐的马来餐厅

在悉尼，有几家著名的马来餐厅备受青睐。她恰恰把一间中餐馆开在了超火的马来餐厅旁边。于是，每天看着马来餐厅熙熙攘攘，人声鼎沸，体验着一边是沸点，一边是冰点的感觉。来吃马来餐的客人还真有雅兴，每天开张前的一个小时，已经排起了长龙。

她的店开业以后，前几个月简直到了“门可罗雀”的程度，全体人员每天的工作就是“望外兴叹”。大家多么渴望能有几个排马来餐的客人等得不耐烦而进来“落座”，让大家展示一下服务的水准。可是，希望，失望，再希望，再失望……就这样反复地纠缠着，纠缠着……

她始终微笑着，微笑着……她的微笑让所有人不解。员工们私底下忧心忡忡，实在搞不明白，这样的局面下，她怎么还笑得出来。每天以烧钱的速度亏损着，她竟然还能笑得那么阳光灿烂。经过大家认真分析，最后得出的结论是：钱多！一定是钱多，不怕亏！只有她自己心里明白，她是这条船的舵手，大家都在拭目以待，谁乱她都不能乱，否则必将全军覆没。

她以平和的心态和全体工作人员认真研究市场，根据自身的特点扬长避短。她们的面点深受洋人欢迎，她们便把这方面做到极致，无论是原材料、味道还是卖相上都力争上游。慢慢地，慢慢地，她的店也开始排起了长队。

无论做什么，关键是要找准市场。马来餐能够在如此萧条的市场上悄然崛起，备受推崇，一定有其存在和发展的理由。他们的食品集味道、卖相、价格优势于一体的同时，更将文化、浪漫和唯美等因素注入了食品之中。人们吃的是美食，品的是文化，享受的是温馨。

人生过半夜亦半，
博览三省不知倦。
谈天说地你我他，
映象就在心里面。
七嘴八舌千般论，
东西南北信风转。
文章胸意犹未尽，
曙光万道春满园。

张杰

是什么改变了生活

越来越多的人，越来越多的竞争，让生活的节奏越来越快，生活的基调越来越紧张。难道人的出生只是为了改变什么而不是享受什么吗?

这是一个颇值得思考的话题。人，究竟为什么活着?她刚来澳大利亚的时候，一切都是那么的悠闲、自在、无忧无虑。所有的商店周末都休息，所有的街道都畅通无阻，所有的停车场都免费，所有的咨询热线都分分钟搞定，所有的医疗等服务机构都和颜悦色，所有的……十几年后的今天，一切都发生了翻天覆地的变化。商店一周七天全天候营业，有的甚至提供二十四小时服务；一出门就塞车，所有的停车场几乎都收费，想找个停车位也难；想打个电话咨询点事儿，等！线上无限期的等！如果是打给福利部门的电话，对不起，已经完全转到语音信箱；想去公立医院看病，要等，可以让你等到花儿都谢了。曾经她身体有点不适，等了一周，家庭医生出具了一封看专科医生的信。

信传真过去之后，又开始继续等。半年左右，等到她自己已经忘了看病这件事，专科医生终于打来电话，两周后约见。两周后去见专科医生，五分钟见面，十句话结束，说要做进一步仪器检查，回去继续等。十个月过去了，她以为医生忘记了预约。考虑到应该没什么大碍，索性放弃了。这时候预约的信到了。一个普通的检查，前后持续了一年。她接到预约检查的信的时候，曾经和朋友调侃："如果回复对方此人已去世，医生会作何反应？"朋友："估计不会有什么反应，每天都忙得麻木了。"

不知不觉中，好好的生活就变成了这个样子。这样到底是好还是坏，一百个人会给出一百个答案。人类"文明"发展到今天，生命的意义已被涂改得乱七八糟，那种温暖、恬淡、清心寡欲、怡然自得的生活，已渐渐地被冷漠、激烈、你争我夺、尔虞我诈所取替，地球变得越来越拥挤，社会变得越来越复杂，感情变得越来越疏远，利益变得越来越重要。人的初心、爱心、痴心、真心呢？

活着的真正意义是什么？有些时候，选择比努力更重要！

他只是一个修车的
普普通通的小生意
猜不出他来自哪里
只看到灿烂的笑漪

检查得认真而仔细
轮胎有个洞要处理
一刻钟以后他站起
告诉她已达到预期

她问多少钱需给你
他说只需付 20 澳币
好的服务价格很低
感动就在点点滴滴

人性到处都有绿地
愿他的店风生水起
商人也要恪守规矩
维护操守诚信第一

吃霸王餐的洋人客

在世界上的任何地方，都有文明罩不到的区域，阳光照射不到的角落。哪里都有丑陋，哪里都有阴影。

她在悉尼市中心开的中餐馆曾经发生过这样的故事。那年的元旦前夜，午夜时分，烟花燃放结束，餐馆忙得不亦乐乎，客人蜂拥而至。大家从中午忙到夜里，累得精疲力竭，仍然坚守着自己的岗位。因为太忙，服务员要跑进跑出，忙着忙着，一个服务员突然发现，外面有四桌客人吃完饭没有买单就走了。服务员气得直流眼泪，辛苦了一个晚上，客人玩够、吃饱、喝足，竟然钱也不付就走了。还有一桌客人，吃完饭之后坚持不买单，理由是菜上得太慢了，浪费了他们的时间。每个人看上去都风流倜傥、气度不凡，却非常坦然地无视别人的劳动和付出。在“盛产”绅士淑女的国度，一样也有“垃圾”的肆虐。

世界上任何的地方，都有出卖良心和底线的人。金钱的魅力，让人性变得更加赤裸裸。

不同的人生有不同的际遇
迈出了脚步不要前后顾虑
少去想功名利禄能有几许
努力的过程已与快乐相聚

不要在乎脚下平坦或崎岖
微笑着去阅读每一寸土地
每一步都迈得坚实而有力
有梦的路上一定会有惊喜

让人无语的德国老板

在悉尼北区的中餐馆旁边，是颇负盛名的德国酒吧，豪华典雅，大气磅礴。她对德国人的印象很好，装修期间，她曾因为与他们为邻而深感自豪。每天都要来来回回从德国酒吧门前走过，酒吧的生意始终“人满为患”。那里的服务绝对是一流的，男士高高帅帅，女士优雅迷人，每位工作人员的一举手一投足无不让人艳羡。

她的中餐馆开业以后，德国酒吧的帅哥美女几乎天天光顾，今天借东明天借西，她店里的员工只要能帮上的，都非常热情地满足他们的要求，不敢有丝毫怠慢。这就是“高雅”和“颜值”的魅力。一周后的一天，一位帅哥又来借东西，转身离开的时候，不小心将她店里刚刚摆到吧台上的饰品打碎，这是她花二百多澳元刚刚买来的，图个吉利。酒吧的工作人员很绅士地道声歉便走了。如果他们主动提出赔偿，她们也许因为不好意思就不要了，可是过了几天，酒吧方面没有任何回音，仿佛什么都没有发生过。她店里的服务员认为对方这样做太无视我们了，便过去询问此事将如何处理？对方非常礼貌地说："要问问经理。"几个星期以后，服务员见毫无音讯，便过去询问，去了几次之后终于等到了经理。帅哥经理笑容灿烂地说："非常抱歉，我要请示一下老板。"服务员扫兴而归。一个多月以后，对方仍然没有任何意见反馈过来，服务员再次过去打扰。这次经理仍然温文尔雅、笑容可掬地说："老板说了，请你们出示发票。"服务员回到店里找到发票送了过去。经理很绅士地说："放在这里吧，我们会请示老板，尽快解决。"她们就这样不温不火地等着，等着。又是一个月，仍然没有任何消息。服务员再次登门询问，经理笑得更加绅士："对不起，老板说了，这个东西太贵，我们不能赔偿，况且，我们也不是故意搞碎的。"经理优雅地说着，诚恳地笑着，知道的，他是在无厘头地拒绝一件完全要负责的事情，不知道的，还以为是老朋友在聊天。服务员的脸色由红变绿，由青到紫，勉强回到店里，已经快气到吐血。她了解了情况之后，对服务员说："算了吧，别生气了，他们就是不想赔偿，至于为什么就不得而知了，也许他们的民族就是这种风格吧。也不能为这点小事去打官司。"

事情就这样不了了之了，太阳每天照常升起，德国酒吧的员工每天依旧笑得阳光灿烂，行为举止永远的风度翩翩……

不要太感动那些把善意涂在脸上的人，也不要太羡慕那些把文明挂在嘴边的人。授人以阳光，灿烂才会折射给自己！

午夜里的千肠百转
凝结成无尽的思念
静静地道一声晚安
将年少时的梦舒展

心底有丝丝的挂牵
袅袅地悬挂在天边
深情化作一缕云烟
缠绕明月的我的眼

感　动

一个阳光明媚的午后，一对年近七旬的老者，坐在餐馆门前的长凳上已有两个多小时，也许他们太饿了，就尝试着和窗前的一桌亚洲面孔的客人打招呼。这是一桌来自马来西亚的客人，他们恰巧会讲中文。他们交流了几句后，老人怯怯地走进餐馆，坐在马来西亚客人旁边的餐桌旁。老人说："都是蓝发碧眼的人，我们不会讲英文，不敢进来。多亏你们会讲中文，太谢谢了。"马来西亚客人笑笑说："不用客气，服务员有两个可以讲中文。"老人："是吗？太好了。"老人说他们来自中国的上海，是来悉尼看儿子的，明天早上的飞机就飞回中国了。

老人点了两碗汤面，和马来西亚客人边吃边聊着，也许因为讲着同样的语言，大家像久违的朋友一样。马来西亚客人吃好饭买完单，和老人家亲切地打了声招呼便匆匆地走了。二十多分钟之后，两位老人也吃好面起身买单。收银员温和地告诉他们："那桌马来西亚客人已经为你们买过单了。”老人先是吃惊，之后坚决要求付钱。老人说：“我们不能无缘无故占他们的便宜。你一定要收我们的钱，下次那桌马来西亚客人再来用餐时，请把钱还给他们，并代我们好好谢谢他们。”老人说完之后执意把钱交给收银员，转身离开。他们苍老的背影留下了一串沉思……

德行与贫富无关，与身份无关，与年龄无关，与种族无关。在这个纷繁复杂的世界上，有些东西是无价的。

青山绿水掩映着岁月的痕迹
蓝天白云吟咏着千古的传奇
微风细雨吹拂出勃勃的生机
至真至善是世间永恒的主题

张开双臂去拥抱广袤的土地
敞开心扉来接纳自然的气息
努力不懈地学荷花不染污泥
全心全意做一个完美的自己

澳大利亚的农庄

农庄应该是澳大利亚的一个特色，温馨而浪漫，静谧而安详，走进农庄，常常会让躁动不安的心慢慢地静下来。远离了城市的喧嚣，物质的魅惑，名利场的角逐，是与非的对峙，就会慢慢地发现生命原来如此地珍贵，生活原本如此的美好。

听着鸟鸣，闻着花香，读着朝霞，赏着落日，那份曼妙让人怦然心动。她终于明白为什么那么多富裕的澳大利亚人喜欢远居在这里。

走在这绿树掩映之下的小路上，她时常在想，可不可以有那么一天，也买下这样一个农庄，用花海、鸟鸣、书香、酒红装点出一个温暖而浪漫的世界，约上三五知己以享天年？

低头自问：放得下霓虹的闪烁吗？

虽然灯红酒绿，却也硝烟四起的世界，真的快乐吗？

生命的初衷在哪呢?

温馨静谧的澳大利亚农庄
闯入心扉的是田野的风光
眼前久违的是浪漫的草场
身后醉人的是浓郁的酒香

仿佛置身于童话般的天堂
忘却了人世间难言的忧伤
空气中浸透了浓浓的奶香
微风中荡漾的是儿女情长

花坛上点缀的是古色古香
仿佛又回到了人类的原创
山坡上男耕女织鸟语花香
山顶上日出日落人畜兴旺

遥望星空弹奏着在水一方
宁静致远可曾是人类希望
如今硝烟弥漫颠覆着梦想
纸醉金迷早已将幸福裹藏

走在幸福边缘的女人们

一天上午，她正在忙，一个经常光顾店里的洋人笑呵呵地对她说：“你知道吗？我又换了一个中国女朋友。”她有些无语，这个洋人每星期都来买酒，每次都沾沾自喜地和她聊这个话题。她实在没什么兴趣，便礼貌地说：“噢。”那个洋人却兴致勃勃地说：“她们都特别喜欢我，都想和我结婚。玩玩可以，结婚可不行，只要一提结婚，我一定分手……”他就这样滔滔不绝地说着，非常地兴奋。一直说到后面等着付钱的客人排起了长队，才意犹未尽地离开。走到门口还不忘回过头看着她说：“下次再和你说。”她有些晕，就这个水准，都是些什么样的中国女人和他死缠烂打？！

这样的故事她已经见怪不怪了。这些年来，她经常会看到一些中国女人，莫名其妙地对那些更“莫名其妙”的洋人大献殷勤，陪吃、陪玩、陪睡……外加“赔钱”。也许是为了混个“永久居留”，也许是为了“钱”，也许……这些中国女人以为洋人“傻”，容易上当。事实上最后谁骗谁还不一定呢。

有一个中国女人，和一个有家室的洋人混了两年，自以为这位洋人会离婚然后和自己结婚，两年之后洋人见这个女人缠着要结婚，便提出分手。女人认为浪费了两年多的时间，人财两失，身份也成了泡影，悲愤交加。某日，潜入这位洋人家中，将洋人斩伤，将洋人的太太斩死。自己被判终身监禁，梦断南洋。

很多中国女人盲目地崇拜洋人，以为金发碧眼都是优秀的、绅士的、富有的、风度翩翩的，其实不然，他们中的有些人也是金玉其外，败絮其中。那是一个雨天，她急着去办事，经过一个商场门前，一个老年洋人脸色苍白，扶着栏杆在艰难地喘着，见到匆匆走过的她便说：“可以帮忙扶我去马路对面吗？”她停下脚步不假思索地走上前：“好的，我扶您过去。”老人家虽然年纪颇大，却也风度不凡。她扶住老人刚走几步，却感觉老人的手有些不规矩。她停下脚步，严肃地对老人说：“您如果还希望得到帮助，顺利地过马路，您就规矩些。”洋人听了她的话却不以为然地说：“我家就住在前面，我有很多钱。”这时他们已经过完马路到了安全的地方。她放下洋人的手臂说：“剩下的路您自己慢慢走，我公司还有重要的事情等着我处理。如果您还有什么困难，请您拨打警察局。顺便告诉您一声，钱不是一切！”说完她转身走开，她隐隐感觉到身后洋人那若有所思的目光……

人可以活得有目的，但不能活得没尊严。

读懂梦想
才有诗和远方
寂寞忧伤
不只是儿女情长
诗为美丽奏响
爱为生命流芳
远方有挚爱的故乡

叹在何方
青春可否无恙
冥思遐想
为生命增添翅膀
学鲸傲视海洋
似鹰震动翅膀
广褒宇宙传播热量

放下惆怅
地不老天难荒
碧波荡漾
孕育着侠骨柔肠
旅途人来人往
天地多情共赏
凡尘要用大爱滋养

拼命做事的女人

“我不做事就不知道怎么活。”女人这样对她说。她们认识很多年了，女人每天除了工作还是工作。

女人没有孩子，经济上很富有，没什么文化，也没什么嗜好，工作成了她唯一的乐趣，赚钱成了她唯一的目标。

女人每天早上五点钟起床，赶去悉尼北区的一家西餐厅做杂工，晚上下班后又乘火车前往悉尼市中心的一家中餐馆洗碗。有时要忙到午夜十二点，只要有活，她坚决不收工。看着女人如此辛苦地工作，她时常不解地问：“你这样每周七天，每天十几个小时地工作不累吗？”女人呵呵笑着说：“不累，坐车就是休息了。我只要停下来就浑身不舒服。”

在澳大利亚，这样努力工作和生活的华人比比皆是。她已经算是努力奋斗，认真生活的人了，可是和他们相比，也只能自愧弗如。

女人一直想买个生意做，当女人得知她有一个餐馆要卖，就多次找到她，志在必得。她很了解女人的情况，认为她不适合做生意，至少不适合做餐馆。女人有些不悦，几次甩钱给她。当女人听说有人已经付了定金，便以高出别人几万澳币的价格坚决要求买下，并愿意承担她的违约赔偿金。她再三劝说无效，便直接告诉女人："我在悉尼经营中餐十多年，亲眼目睹了中餐由弱到强，再由强到弱，今天的市场非常的混乱，已经打破了商业运行的规则和底线，是离开这个行业的时候了，作为商人，我看不到未来，而且已经看到了潜在的风险。我无法劝你，但我坚决不能卖给你。"女人始终坚信她的餐馆经营得很好，利润也不错，无论如何也无法理解她不卖给自己的理由。女人客气但失望地走了，从此不再联络。

一年后的一天，她在熙熙攘攘的人流中见到了女人，人更瘦了，隔着很多人，女人没有看到她。她拨通了电话："朋友，你好吗？"听到她的声音女人非常兴奋地说："好久不见，我没好意思打给你。谢谢你当初救了我，否则我死都没处死去。现在餐馆的生意好差，工人的工资很高，人又难请，如果当初买下你的店，那么高的运作成本，我真的要倾家荡产了。当初没有听你的，离开你之后我在附近买了一家小店，结果半年之内赔进十几万，我已无力支撑，只好倒闭了，打了半年多的官司。几年辛苦赚的钱全部赔了进去……”因为赶时间，她简略地安慰了几句便挂断了电话。

商场无情！

努力工作是令人推崇的，但努力到忘记了生活，也是一种遗憾。生命，只有一次。不是吗？

淡淡地
萦绕在心头
远远地
泛起一丝温柔
月色依旧
记忆浓稠
默默的
在光阴中守候
往事悠悠
清风呢喃
一曲独奏
两处闲愁

过分的民主，过度的自由

澳大利亚是个民主国家，政府体制反映了英国和北美的自由民主模式，同时又兼具自己的特色，联邦政府建立在由普选产生的议会的基础上。这种看似风光的民主，实际上也存在着很多弊端，强制普选实际上大多流于形式，选民们真正了解的政党实质及其施政方案又有多少？很多人只是迫于被罚款而勉为其难地投上一票。普通百姓只是关心自身利益的得失。艾伯特执政期间，根据国家的经济和财政状况削减部分福利的举措，导致民众怨声载道。对于那些需要国家经济上帮助的人，他们不会去关心国家的经济和财政状况，国家欠债与否仿佛和他们没关系，他们只关心国家是不是每个星期准时给他们钱，给多少钱？至于这些钱从哪里来，怎么来似乎与他们毫无关系。至于谁当总理，如何治理国家以及管理国家的能力和水平，相比之下就显得没那么重要了。这种过分的民主导致国会在讨论重大议题时毫无章法，“乱”抒己见，局面非常混乱。没有哪个领导人能够控制得了局面，只有承担负面责任的义务。这种民主导致了领导人的频繁更换，对国家的长治久安也未必是件好事。反映在国家基础建设和城市规划方面更是乱象丛生。随便你走在澳大利亚的大街小巷，你都可以“欣赏”到设计各异，高低不同，五花八门的建筑，唯一的好处是你看不到千篇一律，审美永远不会疲劳。好好的一个花园小区，某天突然建起一幢标志性建筑，你无论如何都无法让自己“赏心悦目”。没办法,都是“民主”惹的。

提起过度的自由更是让人“啼笑皆非”！自由是件好事，每个人都希望自由自在的生活，但凡是都有个度，过犹不及。西方的过度自由，在某种程度上就是对人性弱点的一种放纵。西方谈信仰不谈道德，只要不违法，你什么都可以随心所欲。如果连信仰都没有的人，那基本上就可以在法律之外“为所欲为”了。于是，赌博、酗酒、色情、吸毒……名目繁多，花样翻新。只要在法律之外，只要你喜欢，想怎么玩就怎么玩。

不是每个人都懂得如何取舍，也不是每个人都知道有所节制，这种过度的自由往往导致人性弱点的泛滥。在澳大利亚，遍地都是赌场、酒吧、妓院，一个人要有怎样的修养和毅力才能抵御这种诱惑？所以说这里是天堂，也是地狱，关键在于你选择了哪扇门。刚来澳大利亚不久，一天晚上，她和年幼的女儿在家看电视，因为太无聊，随便转了个频道，一分钟之内她吓得差点流汗，只见一群潇洒漂亮，充满绅士风度的俊男靓女，一丝不挂地在草地上饮酒，最让她震惊的是他们竟然“举止优雅，落落大方”，真的让人汗颜，她马上调换了频道。在这个“西方文化”发挥到了极致的国度，“真人秀”、“换妻俱乐部”、“性虐待俱乐部”等等，已经不会让人大跌眼镜！

凡事都应有个度，适度的自由是最符合人性的，但过度的自由离堕落就不远了！

澳大利亚
你友善而包容
你用行动来梳理和平
对于弱小
你不只是同情
你的博爱
是对生命的感动
你低调而从容
用智慧书写人性
对于贫穷

你不只是动容
你的真诚
是对生命的尊重
你宽松而感性
用法制维护平等
对于生活
你不只是任性
你的潇洒
是对生命的敬重

雨后春笋般的澳大利亚中餐馆
——美丽但看不到未来

如今的澳大利亚应该是中国之外中餐馆最多的国家，囊括了几乎全中国的美食，形成了一套中西美食融为一体的饮食文化，为中西方消费者创造出了美轮美奂的中餐。但对于商家而言，这无疑是一种巨大的冒险。中餐对于澳大利亚人而言，不是也不可能是主流的用餐形式，充其量也就是一种口味的补充和调剂，尽管很多澳大利亚人比较偏爱中国菜。生活在澳大利亚的中国人和外来游客是中餐馆的主要客户群，由于多种原因，这些客户的数量和消费需求是有限的，这就加剧了中餐馆的经营压力。

生活中有时可以随性、随心，但经商绝不可以随意。商业运作有它必须遵守的市场规则，绝对不可以想当然。迄今为止，中餐的市场已经饱和到快要决堤了，仍然还有那么多中国人"前仆后继"，"赴汤蹈火"。

以大幅度降低利润来参与市场竞争的商业行为是自杀

式的和非理性的，最终不仅搞乱了市场，还将伤及无辜。因鲁莽和主观所导致的任何牺牲都是没有价值和没有可取性的。澳大利亚人在这种时候，突然就不“傻”了，早就数好厚厚的澳币逍遥快活去了。

举步维艰的中餐市场，为何很多中国人还要“飞蛾扑火”，她百思不得其解。如今的澳大利亚中餐馆，原材料的成本、员工的工资和待遇、水、电、煤、税务等让投资人早已苦不堪言，进退维谷。她认识的几个朋友，从“入场”后就开始挣扎着，欲罢不能，欲哭无泪。在这块法律高于一切的土地上，“情”字已不堪一击。她亲眼目睹了一些华人，赔得倾家荡产，居无定所。

非常幸运的是，当她预测到市场上即将危机四伏的时候，当机立断卖掉了自己的三家餐馆，在暴风雨来袭的前夜，又一次全身而退，就如同当年她断然离开中国的股市一样，身后是一片惊涛骇浪……

她就这样几十年如一日地努力着，坚持着，奔跑着，快乐着，虽然很渺小，却努力做好自己。即使不能兼济天下，至少也要独善其身。

时光匆匆流走
岁月无法回头
手捧一世的温柔
单曲独奏

豪情哽咽在喉
梦想陪伴左右
耗尽一生的追求
永不言休

第二部

贪婪的陷阱

“你好！请问您有房子出租是吗？”电话那端一个充满磁性的男中音传了过来。女人：“是的。”男人：“我可以去看看房吗？”女人：“好的，您打算什么时间去看呢？”男人：“现在可以吗？”女人：“好吧，我把地址发给您。”男人：“谢谢！十五分钟见。”女人：“好。一会儿见。”

午后的斜阳里，在女人的物业前，高大而儒雅的男人从车中下来。他们就这样相识了。女人陪着男人走进物业……

大气而时尚的建筑，阳光而摩登的卧室，友善而文雅的房东，恰到好处的租金，男人欣然接受，马上付了定金，礼貌地问：“我明天搬进来可以吗？”女人：“可以。是一个人吗？”男人：“暂时是一个人，太太在香港，可能一个月会飞来住几天。不会太打扰的。”女人笑笑：“没关系的，那明天见吧。”女人收起男人提供的资料，目送男人开车离开。

这个世界有很多时候是美好的，也应该是美好的，可是一个华丽的转身，也许就跨越了某个界限。

雨夜
音乐潺潺而过
真情如河
亘古未绝

原野
牧歌幽幽细说
相思成乐
一水永隔

生活
苦难镌刻成阕
一波三折
破茧化蝶

优雅的房客

第二天早上，男人就搬了进来。东西不多，却很雅致，情调满满。男人在悉尼一家建筑工地上打工，早上很早就出发，晚上六点左右收工。周末在家休息的时候，会烹一手好菜，并准备好周一到周五上班要带的饭菜。很努力生活的样子。

男人始终热情洋溢，风流倜傥。时而谈笑风生，时而诙谐幽默。

男人移民到澳大利亚以后，女儿仍在美国读大学，太太经常往返于澳大利亚、美国、香港三地。

女人每周收房租的时候，都能见到男人，每次男人都会很优雅地和女人聊上几句。日子就这样慢慢地流逝着……

转眼之间男人已经住进来接近一年了，其间女人从来没有见到他的太太和女儿来过。一位房客告诉女人："男人依然是早出，却变得越来越晚归，有时候整夜不归。话亦越来越少，越来越沉默，脸色越来越忧郁，身体越来越消瘦……”

这天晚上，女人看到男人回来，男人见到女人之后灿烂地笑着。女人:“你好吗？”男人若有所思地点点头:“很好。”女人:“你要出去吗？”男人:“是的。再见吧！”女人:“再见！”望着男人关门的背影，女人欲言又止……

一个人生活在世界上，很难确定下一刻会发生什么。不知道是不是应该对每一个经过的人都可以用“珍惜”二字。但此时此刻，仍然想说一句：珍惜吧，人生的每一分每一秒，相遇的每一个人，无论他是优秀的还是龌龊的。世事无常!

跟不上你的行程
却倾听着你的脚步声声
送走了灼热呈上了收成
回头一笑百媚生

穿过盛夏的涳濛
于云雾弥漫中慢慢升腾
借着月色舞出一片赤诚
助生命放下纷争

大雁在天空远征

沿途歌咏着你的牺牲

愿为沙粒随着风

五谷丰登共一梦

午夜探访的警察

午夜十二点左右，一阵急促的电话铃声将刚刚走进梦里的女人惊醒，女人拿起电话："喂，您好。请问是哪位？"电话那端是一个房客紧张的声音："赶快过来，出大事了，来了很多警察。"女人放下电话，匆匆赶了过去。

物业门前停着很多警车，十几个全副武装的警察将物业团团围住。女人停好车走了过去："请问发生了什么事？"为首的一位英姿飒爽的女警："您是房东吗？"女人："是的。"女警："徐 × 住在这里吗？"女人："是的，他是我的房客。"女警口中的徐 × 就是那位住进来快一年的男人。女警："我们是警察局的，这是搜查证，请协助我们进房调查。"女人："好的，请进。"

一行多名荷枪实弹的警察，拎着三个大大的箱子，走进了物业。

人这一生会遇见很多人，经历很多事，有些事是你想躲也躲不掉的，有些人是你想忘也忘不了的。

满怀激情南北飞
千辛万苦不觉累
心系梦想夜难寐
海阔天空不言悔

壮志豪情身上背
走南闯北意不灰
今生今世活一回
狂风暴雨也陶醉

惊　愕

警察迅速走进物业，其中一名警察打开扛在肩上的摄像机，开始全程摄像。为首的女警转向女人："徐 × 住哪个房间？"女人指着二楼的一间："住这个房间。"女警："请把房间打开。"女人找到备用钥匙，打开了房间。男人搬过来这么久，女人第一次走进这个房间。整洁而温馨，每一个摆设都透出浪漫的气息，房间洋溢着浓浓的爱意。

警察打开大大的箱子，里面装着女人看不懂的各种设备，警察们戴上手套，开始对房间内的每一件物品进行"勘验"。女人和几位房客坐在沙发上、楼梯口，静观事态发展。两个多小时之后，警察陆陆续续从房间里出来，一位警察手里拿着一些物品。为首的那位女警走向女人："这些东西是我们从房间里搜到的，需要带走，请你签下字。"女人心想，怎么到处都需要签字。但还是顺从地签了。这是警察带走的物品清单，有几双鞋、几件衣服、护照等身份材料，零零碎碎装了一箱子。女人这时才搞明白，警察带进来的箱子是派什么用场的了。签完字后警察相继离开。女人走到那位唯一的女警旁边："请问发生了什么事？"女警客气地说："持枪抢劫！"女人倒吸一口冷气："持枪抢劫！你确定是这位房客吗？"女警斩钉截铁地回答："是的，刚刚在市中心抢劫现场被抓获。"女人："几个人？"女警："只有他一个人。"女人："他再也回不来了？"女警毫无表情地："是的。"女人："我可以去探视吗？"女警："你不是他的亲属，不可以。我们要连夜赶过去汇报，还有什么问题，请联系这个法庭的电话。"女人："我能做什么？"女警："为这个房客吗？"女人："是的。"女警："什么都做不了。"女人："那他的物品怎么办？"女警："打我给你的法庭号码去咨询。"说完一行人转身上车离去，留下了女人和几位房客愣愣地站在那里。

好人与坏人怎么区别？白天道貌岸然，夜晚却变成了魔鬼。是什么理由让一个人活成这个样子？！

瑟瑟秋风
刮出阵阵迷蒙
丝丝清冷
几许愁情滋生

麦穗赤橙

稻田渐渐丰盛

五谷丰登

笑看满山红枫

都是钱惹的

警察浩浩荡荡地离开之后，女人和房客们仍然沉浸在意外的惊愕之中，无论如何都无法把这个平日里绅士而温暖的男人和抢劫犯联系在一起，而且是持枪抢劫。一个年轻的房客，惊讶而困惑地对女人说：“我们怎么可能和一个抢劫犯共处一个屋檐下这么久？这么礼貌而热情的一个男人，怎么一夜之间就变成了抢劫犯？是不是警察搞错了？”女人：“应该不会的，不是说在抢劫现场抓获的吗？”房客：“最近一段时间，他的确有些反常，下班回家后，洗漱、吃饭完毕就会出门，我午夜十二点以后才睡觉，睡前从未听到他回来的声音。”女人：“是吗？应该有什么苦衷吧。发生什么我们也无能为力。他持的是中国护照，如果犯罪属实，服完刑之后一定会遣返回国。等等法庭的消息吧。大家不要担心和害怕了，他不会回来了，都进去休息吧。”

见大家都回房间了，女人也开车离开，一路上，女人思绪万千，好好的一个人怎么就为了钱铤而走险了呢？

水能载舟 亦能覆舟，金钱亦如此！人，可以努力赚钱，却不可以为了赚钱什么都努力。贪婪是一切邪恶的始作俑者。

岁月远行
凡尘纠缠不清
浮光掠影
俗事飘忽不定

串串流星
怎将夜空点明
似睡似醒
万物皆有佛性

铤而走险

警察搜查的第二天，悉尼各大媒体争相报道了这一案件。男人持的是仿真假枪，一个月之内先后持枪抢劫数次，抢劫了几百澳币，手机数个，电脑一台……看了这些数据之后，女人也醉了。男人搞装修，一天下来至少赚三百多澳币，手机和电脑更是不值一提。女人决定一探究竟。

女人费尽周折，终于找到了男人的通讯录。她从第一个人——厂长打起。电话响了很久，一个男人的声音传了过来："您好！请问您是哪位？"女人款款地说："不好意思打扰您了，您认识徐 × 吗？我是他的房东。"厂长停顿了一下说："认识，他曾在我们这里打工，两个月前辞工了。"女人："您知道他发生什么事情了吗？"厂长："不知道，怎么了？出什么事情了吗？"女人一听厂长什么都不知道，便咽下了后面的话。想了想换了一种说法："这几天徐 × 没有回来住，也没有打个招呼，我担心他会不会出什么事，正巧看到了你的电话，所以打扰一下。"厂长："噢。他好像借了很多钱，会不会出什么事了？两个月前，他告诉我他在美国的女儿要用钱，和我借了两千澳元，让我从他的工资里扣，结果我把钱借给他之后，他就再也没来上班。我正准备忙完这阵子想办法找他呢。”女人：“他工资不是很高吗？为什么还要到处借钱？”厂长：“听说他赌的很严重，女儿在美国读书也需要很多钱，具体情况我不是很清楚，我给你一个电话，你可以打给这位王先生问问，他们一起做工很久，关系也不错，当初就是这位王先生介绍他来打工的。”女人：“好的，多谢了。”女人记下了王先生的电话，和厂长客气了几句便挂断了电话。

又是赌博！厂长的话，把女人带进了回忆……

凡尘缭绕，俗事缠绕，诱惑当道，梦境妖娆。在这个五光十色的世界上，拥有一颗平常心是多么的重要！

未敢忘红尘
俗事惹一身
生命当自珍
且行且谨慎

回忆

那是十几年前的事了，女人隔壁住着一个叫阿梅的中年女人，不漂亮，体态略显臃肿。曾是中国某医院的儿科医生。因为英文不好，当不了医生，也没有什么特别的技术，于是，在悉尼一家中餐馆洗碗。

阿梅有一个非常老实而帅气的老公，在悉尼做电工，他不仅勤勤恳恳，老成持重，而且对阿梅深爱有加，关怀备至。周围的女人羡慕不已。移民澳洲不久，出于好奇，阿梅和几个同事一起去了悉尼最著名的赌场，赢了几次之后她便染上了赌瘾，从此她的生活变得一塌糊涂。开始的时候一开工资就全部送给了赌场，后来越赌越凶，东挪西借。为了偿还赌债，也为了挽救她，阿梅的老公把十多年辛苦打拼才买下的房子卖掉为她还债。一年又一年，所有的办法都想了，仍然无法阻止她去往赌场的脚步。

一天早上，阿梅老公病得很重，就对阿梅说："今天不要去赌场了，下班就回家吧，我身体很不舒服。她说："好吧。”

下班后，她不由自主地又迈向了赌场。晚上十点多钟还不见她回家，老公知道她一定又去了赌场，于是打电话要求她十二点之前必须回家，否则他们的婚姻就真的结束了。十二点了，阿梅没有回家，一点了，阿梅仍然没有回家。扔下深爱自己而且重病在身的男人，完全沉迷在赌场的光怪陆离里不能自拔。

第二天早上五点多钟，阿梅拖着疲惫的身体回到了家，当她走到门前时，发现自己的行李被老公摆在了外面。她敲门没有敲开，坐在门前略微休息了一下就直接上班去了。这一天很辛苦，因为整个晚上几乎没有休息。

这样的生活她早已经习惯了。再“苦”再“累”她都心甘情愿，因为她整个的灵魂都沉浸在赌博的漩涡中。

终于熬到下班了，她决定直接回家，安慰一下受伤的老公。她已经记不住多久没有正常回家了，每天下班以后，她都径直去赌场，即使兜里没钱，看看别人玩也好。

这次她轻松地打开了房门，她以为老公一定像以往一样，做好饭菜苦苦等她回来，她想给老公一个惊喜。当她打开房门的瞬间，她惊呆了，昨晚被老公扔出门外的行李工工整整地摆在双人床上，房间被认真地收拾过，一切井然有序，只是老公个人的衣物一件都没有了。她知道他走了，结婚十多年，这次，他真的走了，留下了他们现在仅有的财产——那套行李，其他的东西都是从房东那租来的。她打开他留在行李下面的一封信，上面写到：“我走了，我无法救你，就只能救自己了。我不追求荣华富贵，只想有尊严地活着。过几天我会请律师寄信给你。我们永远不要再见了。”

从那以后，阿梅再也没有见过她老公，离婚的所有问题都由律师办妥。时光荏苒，她仍然是每天上班、下班、去赌场，仍然是一贫如洗。清醒的时候，偶尔会后悔，偶尔会想起那个曾经朝夕相处的男人，但是大多数情况下，她是处于非清醒状态。后来阿梅搬走了，因为交不起房租，被房东“请”走的。搬家的那天，女人和阿梅最后一次见面。阿梅显得非常憔悴、落魄。大家礼貌地相互问候了一下，谁也没有继续聊下去的意思。

这是一个文明高度发达的时代，也是诱惑铺天盖地的世界。幸福近在咫尺，灾难唾手可得。比金钱更可贵的，是人的节制能力。

赤橙黄绿青蓝紫，

南天炫彩羊城动。

倒影珠江映，
腰舞飞燕躬。

当年春潮涌，
船头立朱翁。
君子情怀重，
琼浆玉液浓。

张杰

女人移民到澳大利亚的第二年，结识了一对夫妇，他们来自中国的广州，颇有一些实力，移民不久先后在悉尼购买了三套独立屋，并开了一家颇有名气的中餐馆，生意经营得有声有色。因为衣食无忧，渐渐地夫妻俩开始迷恋上“百家乐”，而且到了如痴如醉的程度。有时候夫妇俩人一起去“VIP”房，一出手就是几万澳币，有时候夫妇俩分开去，一个去赌，一个看店。生意虽然红红火火，兜里却始终分文不剩。因为两个人把所有的钱都分别送给了赌场。原本相濡以沫的夫妻，因为输钱的烦躁，争吵已经成了家常便饭。

有一次，女人去他们店里用餐，突然厨房里传来阵阵争吵声，几分钟之后，炒勺随着老板娘的脚步声飞了出来。

女人吓得不轻，不知道发生了什么事情。只见老板娘飞奔出去，女人惊愕不已地问服务员："这是什么情况？"服务员不以为然地说："老板和老板娘又打起来了，已经很多次了，我们都习惯了。夫妻两人经常去赌，赌输了就吵架。每天的营业额都送给了赌场，这么好的生意却时常被摧房租，摧电话费……唉！"说完服务员无奈地叹了一口气。大约半小时左右，老板余怒未消地走了出来，见到女人有些不好意思地说："什么时候来的，不好意思，我俩吵架了，这日子没法过了。为了还赌债，三套房子都卖了。不怕你笑话，我们现在一家老小在外租房子住，可是仍然还欠朋友很多钱。我老婆赌着赌着竟然赌疯了，在赌场借了高利贷，现在债台高筑，债主几次逼上门来，十个生意也还不清债务。唉！早知如此何必当初……"

老板始终沮丧着一张脸，曾经的意气风发、风流倜傥不在，曾经的豪情壮志、雄心勃勃不在。留下的除了悔恨仍然是悔恨。女人想说：你们背井离乡、历尽千辛万苦，就是为了这样生活吗？但看着老板颓废的样子，女人只能沉默。

一个月以后，女人从悉尼各大报纸上看到一则消息，因为欠高利贷没有按期偿还，老板身中数刀，伤势危重……

远涉重洋，只为一展抱负，一念之差，人生尽毁。这个道理人人都懂，这条路却始终熙熙攘攘。

青春虽已散场
理想依然高亢
少年难免轻狂
一路踉踉跄跄
岁月跌打损伤
筋骨百炼成钢
莫忘儿时希望
成长亦是芬芳
无惧凡尘痛痒
笑纳飞短流长

生命没有离场
梦想就是阳光
挥毫畅言思想
泼墨画尽风光
笑看云飞霞涨
坐拥天下文章
享受九曲回肠

潇洒走遍四方
苦难权当营养
放眼学着担当

阿森是女人餐馆的常客，每周都会和太太光顾几次。他不仅英文好，电器维修的技术也是一流的。在悉尼一家著名的洋人公司做高管，年薪十几万。一个偶然的机会，他陪几位中国来的富豪去了赌场。看着他们出手阔绰，一个小时之内就赢了十几万澳元，他的心开始动摇。自己辛辛苦苦干一年，也就赚十几万，这里随便玩玩，一个小时就可以赚这么多钱。他的心开始蠢蠢欲动。小试身手，果然不凡。从此以后，他来餐馆的次数少了，业余时间大部分都扑在赌场上，渐渐地染上了赌瘾，自此以后，他几乎没再赢过。不仅把以前买的房子卖掉了，太太和儿子也离他而去。

有一次，他兴高采烈地抱着一台咖啡机来餐馆吃饭，见到女人后兴奋地说，这一周都住在赌场提供的五星级酒店里，每天都吃“山珍海味”，不仅吃住免费，最后赌场还送了这台咖啡机。看着他开心的样子，女人无语。凭他每周给赌场送的钱，可以买下生产咖啡机的工厂了，一台咖啡机算什么？这短暂的奢华和尊重又算什么？房子没了，家走散了，这一生的颠沛流离又去哪里寻找尊重呢？当赌到房东天天催房租时，一个连自己都养活不起的男人，又何谈尊严？

生活在一个视自由比生命还重要的国家里，人的自律性是何等的重要，作为行为主体的我们，自我约束、自我管理，对他人和社会的使命感、责任感是不可或缺的。在对他人和社会付出爱和责任的同时，也是对自己的爱和守护。

时光匆匆离去
甩下慌乱的步履
云在雾中哭泣
漂着一串串泪滴

太阳照常升起
贪婪将一切扭曲
苦难若即若离
是谁在雨中抽泣

身陷于沼泽里
灵魂也无能为力

光线已被遮蔽

风却在胡言乱语

女人在悉尼一家木帘厂打工的时候，曾经认识一个叫阿芳的工人，大家一起工作了半个月，直至木帘厂失火。

阿芳来自中国香港，眉清目秀，身材高挑，多才多艺，是典型的东方美女，曾荣获香港小姐提名。在木帘厂的时候，阿芳就对“老虎机”情有独钟，张口闭口都是有关“老虎机”的“趣闻”，女人听也听不懂。木帘厂失火之后，女人和阿芳久未联络。那一年，女人开了第二家中餐馆，正巧在阿芳开的咖啡店对面。于是，两个女人久别重逢。偶尔，女人会去阿芳的咖啡店里喝杯咖啡，聊上几句，阿芳也会来女人的店里吃点便饭。

因为钱赚得比较容易，阿芳的赌瘾好像更大了，每次见到女人，谈的话题都围绕着“老虎机”。女人什么都摸不着头绪，跟听天书似的，也没什么兴趣。渐渐地，女人去咖啡店的次数少了，话不投机半句多。

阿芳仍然偶尔来吃点小吃，不知道是因为人太漂亮，还是因为常去赌场，总之，阿芳认识的人特别多，每次用餐都会遇见三五熟客，大家聊着聊着就时常会聊到一张桌上。那时的阿芳虽然好赌，却也雄心勃勃，意气风发。三年以后，因为经营不善，阿芳把咖啡店低价卖出。

生意结束以后，阿芳每个星期仍来吃饭。女人渐渐发现阿芳的变化越来越大，穿着打扮越来越奇怪，已经找不到曾经的优雅和知性。每次来吃饭的时候，领的都是不同的男人，而且每次都是男人买单，不仅吃的“品味”越来越高，而且每次都要买很多外卖。一次，一同来的洋人去了卫生间，阿芳就过来和女人聊了几句。原来阿芳因为欠了很多赌债，实在无力偿还，于是去了妓院，凭借自身的姿色，每天可以赚到二千澳元。偶尔遇到一些一掷千金的豪客，收入更加可观。和阿芳一起出来吃饭的都是些阔佬，他们按天付费，陪吃饭、陪逛街、陪着游山玩水都要付钱，每天至少能赚三千澳元以上，比开咖啡店赚钱快多了。阿芳眉飞色舞地讲着，女人懵懵懂懂地听着。这时去卫生间的洋人回来了，阿芳才嗲声嗲气地搂着洋人回到座位上。用过餐之后，阿芳拎着外卖和女人打声招呼后便随着洋人消失在夜色里。望着阿芳婀娜的身姿，女人有些酸楚，这将是怎样的人生呢？

每个人都有权利选择自己的生活和幸福，关键是你活得真的幸福吗？

不要去思量

渐行渐远的时光

青春的翅膀

在负重中翱翔

人生交织着彷徨与梦想

爱要经得起月色与日光

年轻不代表希望

夕阳也可以奔放

放下对辉煌的渴望

至少要活得鲜亮

朋友的叹息

在澳大利亚，最豪华、最奢侈、最排场、最风光的地方，非赌场莫属。只要你在街上走走，随处可见各种规模的赌场，赌博的名目繁多，极尽奢华。无论你是什么身价，什么地位，只要你肯迈进赌场，你就会充分享受“自由”、“平等”、“尊重”……享受最好的服务和最高贵的礼节。如果你有能力偶尔豪赌一回，那你所享受的待遇更加不可思议。免费享用五星级酒店，免费用餐，走了还有礼物赠送。“住太远了是吗？没关系，赌场可以专机接送”。言外之意，“只要你想来，赌场就会提供你能想到的一切服务。”不只是纸醉金迷，不只是光怪陆离，不只是“一夜暴富”，还有“至尊”的待遇，这所有的所有的一切，都对人构成了致命的诱惑，把人性的弱点挖掘到了极致。

“铃……”，一阵急促的电话铃声打断了女人的回忆，她拿起电话：“您好，请问……”话还没说完，就被对方焦急地打断了……

生命对于每个人而言只有一次，有没有来生谁也无法保证。守护好自己而后才能守护好所爱的人和物。

小草为大地披上了绿衣
因为它深爱着这片土地
万物在地球上滋养生息
相偎相依呈现勃勃生机

生命咀嚼着付出的含义
用爱和责任守护着自己
风风雨雨也要坚持到底
努力把阳光播撒给四季

责任激励人类自强不息
在大风大浪中鼓足勇气
披荆斩棘炼就丰满双翼
用生命创造不朽的传奇

“请问您是徐 × 的房东吗？”女人：“是的，您是哪位？”对方：“你不记得我了吗？帮助徐 × 搬家的那位。”女人：“噢，想起来了，您是那位房屋开发商。”对方：“是的。我看到报道了，配有图片。徐被抓了是吗？”

女人："是的，你和徐很熟吗？"对方："是的，他刚来澳大利亚的时候，在我的工地干活，英文好，技术也比较过硬，而且人很能干，一直帮我负责工地的施工现场。"女人："我也认为他为人不错，干净、勤力、彬彬有礼。"对方："徐拖欠过房租吗？"女人："没有，一直准时交租。上个月他告诉我接到一个周末清洁的活，周六、周日两天可以赚到一千澳元。每次见到他都很有风度的样子，怎么突然就变成抢劫犯了呢？"对方："徐是最近这几个月变的。他在工地干活时结识了两个赌徒，有点黑社会的背景，刚开始是好奇，赢了几次就上瘾了。女儿的学费也赌掉了，家庭关系很紧张。几个月前，他向我借了几千澳元，本打算从他工资里扣除，可是借完钱他就不来了，去了另一个工地。催要几次都告诉我暂时没有钱。听朋友说他在赌场借了高利贷,几次被催款。可能也是被逼无奈吧。好好的一个人才，这一生就这样毁掉了。持枪抢劫判刑很重的，出来之后一定会被遣送回中国。这赌博太害人了。"女人："看来你的钱也要不回来了。"对方："要啥呀，都这样了，毕竟认识一场，算了吧。"女人："你有他家人电话吗？"对方："有他女儿的电话，不知道改没改，你记下号码试试吧。"女人表示感谢并记下了电话号码，决定打一下看看，因为徐的一些物品还在物业里，总要想办法联系一下他的家人。

放下电话女人有些茫然。

世界在变，人也在变，变成什么样都是个未知数。即使不能功成名就，至少也要活得安好些吧？！

岁月远行
洗不净人的贪性
浮光掠影
噩梦始终难醒

串串流星
也曾将夜空点明
万籁俱静
凡尘飘忽不定

冷　漠

女人试着拨通了徐 × 女儿的电话，打了几遍之后，电话那端传来了冷冷的声音："请问找哪位？"女人顿了一下说："你是徐 × 的女儿吗？"对方："是的，怎么了？"女人感觉阵阵寒气袭来。于是，硬着头皮说："我是徐 × 的房东，他在悉尼出了点事儿，已经几天没回来了，我不是他的亲属，无法和他取得联系，他的行李物品还在我出租的房子里，你看看该怎么处理？"

女人以为，徐 × 的女儿听说父亲出事了，一定会非常担心，所以说的时候尽可能地委婉一点。徐的女儿却异常平静地说："我知道了。"太出乎意料了，女人愣了一下说："那你和你妈妈会来悉尼吗？"徐的女儿仍然是冷冷地说："我和我妈商量一下再说吧。"女人："那你父亲的东西怎么办？"徐的女儿："先放着吧，等我们去悉尼再说吧。"女人："好吧，我把电话给你留下，来悉尼的时候联系我吧。"徐的女儿记下电话号码之后就挂断了电话。

女人开始等待，一个月，两个月，三个月，一直没有等到徐的女儿的电话。女人试着再次打过去，电话已经停机。徐的女儿和太太一直联络不上。女人找了能找的人，所有人的回答是："联系不上，不清楚，不知道……"女人打给警察局，回答是："你不是徐 × 的亲属，我们无法告诉你关于徐 × 的任何事情。"女人："那徐 × 的东西怎么办？"警察局："你可以申请法庭拍卖，拍卖所得可以用来顶房租。"

女人无语。这不是房租的问题，徐 × 也没什么值钱的东西。也许徐 × 的家人不联络也是担心女人向她们要房租吧？！这个世界怎么这么冷呢？一个人就这样被关押起来，哪怕他是超级大坏蛋，但也毕竟是一个活生生的人啊，他的亲人和朋友至少也要关心一下他现在怎么样了，今后会怎么样，有没有将来吧？！

自从男人出事以后，仿佛从人间蒸发了。

人啊，不管你怎么样？不管你贫穷还是富贵，都要活出个人样，哪怕是为了自己。好好活着，实际上是对自己、对他人、对社会、对世界最真实的爱！

巧蘸金色画上片片璀璨
多情善感已将层林尽染
缕缕清风悄悄萦绕耳边
几许叮咛激起千番柔软

走过春夏笑迎数九寒天
轻歌曼舞演绎世间缠绵
一轮晓月细述季节变迁
悠悠岁月共叙锦绣河山

第三部

一条讳莫如深的路

作者：Grace Pan

自古以来，就有饮食男女之说，动物的本能除了生存就是性。有性自有色。不知道从什么时候开始，情色便演绎成了一种交易。在西方这块自由的土地上，称之为：性工作者。

这里没什么爱情
只有赤裸裸的性
还有堕落的陷阱
一切都无法推定

偶　遇

他，很帅，绝对是偶像级别的。高高瘦瘦，看上去风流倜傥。他们邂逅在悉尼红灯区附近的商业中心。那是一个璀璨夺目的午后，她经过那里，顺便过来瞧瞧有什么新奇而有趣的东西可以买。正在浏览之际，一个充满磁性的男中音在耳畔响起："您需要服务吗？"她回过头左顾右盼之后发现那位帅哥是在和自己打招呼。她一头雾水地问道："你能提供什么服务？"他闪动着比女人还灵气逼人的大眼睛看向她："我可以提供你想要的一切服务。"她身上渗出一丝丝冷汗。这个看起来气度不凡，年龄不会超过三十岁的男人，不会是从事色情服务的吧。她本能地退后一步说："你是中国人吗？"他坦率地说："是的，我是来澳大利亚留学的。"她问："来多久了？"他答："四年了。"她问："如果我没理解错的话，你是从事为女人服务的色情职业对吗？"他坦诚地回答："也可以服务于男人。根据付的钱决定提供的服务。"她惊讶于他的坦白和淡定。她说："我可以问问你从事这一职业的理由吗？”他笑着说：“这有什么好奇的，钱赚得多呀！”谈话当中他一直很从容，没有丝毫的不好意思。她礼貌地笑笑说：“谢谢你，不过我好像不需要这样的服务。”他笑笑说：“好吧，那就不打扰了。”看着他帅气的背影，她脑海里一直重复着他说的那句话：“钱赚得多呀！”

是啊，在这个世界上，有多少人是只为钱而活着呢？

在澳大利亚这块以美丽、祥和而著称的土地上，居住着许许多多自由的人们，有些自由似乎已经超越了人作为高级动物的底线。她有些迷茫，社会发展到今天，高级动物与动物是否还存在着本质上的区别？

社会应崇尚自由
但性要有所保留
当性与自由联手
如何来区分美丑

一声叹息

因为压力太大，工作比较辛苦，她时常背痛，于是每周都会去附近的按摩院按摩。按摩院的老板是一位五十岁上下的中国女人。尽管她有着非常坎坷的经历，可是却活得很乐观，性格也比较开朗豁达。时间久了，慢慢地成了好朋友。

这天，我照常过来按摩，老板娘一边热情地和我打着招呼，一边准备安排人给她按摩。这时屋外突然下起雨来。老板娘赶紧过去关房门。一个年轻人突然出现在门口。对按摩院的老板娘说："阿姨，我来您这儿避会儿雨，顺便看看有没有什么活。"老板娘说："快进来吧！"年轻人进到屋里，看到她时，他愣了一下。她也认出了他，就是她在商业区遇到的那位"帅哥"。他们相互点点头没有对话。老板娘不停地给"帅哥"擦着身上的雨水，并不停地和他说着话。看他们好像很熟的样子，她一直沉默着，随手拿起了身旁的一本杂志翻了起来。老板娘走过来说："让他帮你按摩如何？手艺不错的。”她笑笑说：“还是你来吧，我怕生。”

这时外面的雨已经停了。“帅哥”看看没什么客人，就和老板娘道声再见便离开了。她问老板娘：“他是谁？看你们挺熟的。”老板娘说：“是我中国一个朋友的孩子，来澳大利亚留学。”“哦。”我叹了口气和老板娘讲起了在商业区的经历。老板娘轻声细语地说：“唉，他可怜的父母什么都不知道，还以为他在努力读书呢……”老板娘跟我讲了有关“帅哥”的故事。

他，以父母举债三十多万为代价，不远万里来到澳大利亚留学。呼吸着新鲜的空气，享受着大自然的静谧，他有些乐不思蜀。半年过去了，学业平平的他感到有些寂寞。听朋友们介绍澳大利亚的裸体海滩很刺激，于是他决定去看看，顺便打发一下无聊。

澳大利亚有八大享誉世界的裸体海滩，又称天体浴场，据说这是爱好自由的澳大利亚人与政府艰难斗争的产物。柔软的沙滩，湛蓝的海水，耀眼的阳光，充满着大自然的神秘和浪漫。三五好友来这里度假小憩别有一番风情。可是，为什么要裸体？穿上泳装不好吗？如果她和几个同事去裸体海滩度假，大家经过几天赤裸相对之后，她没有自信回到办公室之后还会像以前一样相处，仿佛什么都没有发生过。她无法想象，当一个人一点隐私都没有的时候心态会是什么样子？仿佛真的有点儿接近于“世界大同”。更何况，并不是每个人的裸体都有美感和可欣赏性，广告词上明明写着：这里与情色无关！可是，有没有关系谁说了算？意识形态领域里的东西谁做得了主？那赤裸相对的肉体，飞沙叠浪的海滩，血气方刚的青年男女可以从容地置身事外？帅哥暂且不提，那些凸凹有致的美女你会无动于衷？如果她是男人，她会坦诚地告诉你：“我办不到，除非我有病。”想一想总会的，做什么那就是另外一回事了。聪明的人唯一能做的就是：远离那种美丽，离开那种诱惑。可是这位留学生兄弟就是按捺不住地去了……

人家澳大利亚人可以“坐怀不乱”，你能吗？后来经过私底下了解，所谓“坐怀不乱”是有条件的，不花钱的可以试试，花钱的话就要认真考虑了。澳大利亚人的钱赚得那么辛苦，可不能随便在女人身上一掷千金，无论如何都要衡量一下价值。不像我们中国人，尤其是中国的某些男人那么“大气”。“美女，陪我睡一晚上怎么样？十万元人民币。”“你如果陪我睡一晚上，前面那幢大楼就归你了！”这“睡一晚上”的价值就是如此之大。相比之下，中国的男人“太傻”，中国的女人“太幸福”，这钱赚得也太容易了，只要美女肯放下自尊，脱掉裤子。可是，澳大利亚的男人在这一点上却非常明智。“包养”这个词应该是中国男人发明的，而且司空见惯。在中国，性和钱的关系非常之密切。而在澳大利亚则不然（除了妓院），性之前是情调，性之后还是情调。裸体海滩应该是最讲究情调的地方，说与情色无关鬼都不信。只是性的外延比较广而已，不只局限于“上床”，精神一下也是一种愉悦。我们这位留学生兄弟就是这样被精神了一下。

他来到这广袤无垠的海滩，那些像美人鱼一样在碧波荡漾中起伏的女人，令他目不暇接，激情四射。没见过世面就是没见过，在中国小城镇长大的他，哪里见过这么多红发碧眼、风情万种的女人，而且还是身材性感火辣的裸女。正在他冥思苦想、思绪万千的时候，两个风姿绰约、胸部丰腴的美女千娇百媚地走了过来：“亲爱的，下去玩玩吧！”这是澳大利亚的美女最普通的问候和礼貌。稍微热情点的，可能会迎面抱住你来个热吻。不过，你可千万不要会错情，这仅仅是一种礼貌和尊重，无他。

从来没有与女人亲密接触过的他马上心旷神怡地冲进海水里，温柔的海浪拍打着汹涌的激情，他不由自主地开始浮想联翩……他不知道那些洋人怎样把持自己，竟然赤身裸体地与朋友在海滩上潇洒自如地饮着酒，谈笑风生。他无论如何都无法理解，洋人的那份儒雅与绅士从何而来？总之他彻底地沦陷在这幅美妙绝伦的画面里身不由己。

从那以后，闲暇的时间他开始经常光顾裸体海滩，游泳好像只是一个借口。他躺在松软的沙滩上，在似睡非睡中欣赏着一个个美女在他身边飘来荡去，任思绪飞扬着……

谁都没有资格去批评西方的文化，也没有理由去评判西方的自由，但是大家至少可以问问自己，当自己拼命地把我们的孩子送到西方这块乐土上的时候，真的自己准备好了吗？

世界充满了诱惑
生活考验着你我
究竟想怎样活着
什么是真正快乐

渐渐地，他已经无法满足于躺在海滩上遐想的境界了，于是，他终于鼓起自己的情欲，走进了妓院，走上了与自己的梦想背道而驰的路……

一个月明风清的夜晚，他惴惴不安地来到了距离悉尼市中心不远的一家比较著名的妓院。

这是个有钱就可以“为所欲为”的世界。四周的装潢优雅别致，背景音乐温馨浪漫，灯光的效果能够最大限度地挑起人最原始的冲动。一位美艳的女郎风姿绰约地接待了他。“先生，您有固定的人选还是我们帮您介绍？”她的英文听起来像是唱歌，这就是颜值高的效果。进来这里一切繁琐的礼貌都可以省略，可以直接切入正题。他略显紧张地说：“你帮我介绍一个吧”。美女闪着长长的睫毛，像介绍大宗商品一样侃侃而谈：“我们这里有来自世界各地的美女，也有很多来自中国的学生妹。”说完之后，她略显神秘地上前一步说：“还有刚来一周的新人，单纯可爱……”他已经听得脸红心跳，急不可耐地说：“我要那位金发美女。”随着一声“ok！亲爱的！”一位美艳的年轻女人把他迎入房间。那位火辣的西方美女，很快打消了他初来乍到的拘谨，一个小时的“梦幻般的服务”，开始于激情，结束于激情。当他穿戴整齐走出妓院，走在陌生而神秘的大街上的时候，俨然一副正人君子的模样，几番“云雨”之后，他已忘却了那位火辣妹子的模样，留给他的除了肉体上的满足感和床上的嗲声浪气，似乎又多了几分迷茫……

浏览过花街柳巷，读书的日子他开始心猿意马，学习成绩每况愈下。有一科考试成绩没有通过，不仅损失了几千澳币，而且还要重读。

一日，百无聊赖的他看到报纸色情版上介绍悉尼某按摩院来了许多学生妹，价格优惠，“服务一流”。于是，吃过晚饭以后，他按照广告上面的地址寻了过去。

这里和普通民宅没有什么区别，是一幢独立的别墅，里面大概有五六间房间，他按过门铃之后，一位二十岁左右的女孩打开房门非常客气地问：“先生，您需要按摩吗？”他答：“是的，我是看广告过来的，说你们这里新来了许多学生妹？”女孩：“是的，您请进。”他迈入房间。这是一个不大的客厅，沙发上面坐满了女孩子，都是亚洲面孔，大家都在用中文交流着，看样子绝大部分应该来自中国。开门的女孩甜甜地问道：“先生您要做多久？”他问：“一小时多少钱？”女孩答：“60 澳元。”他问：“都有什么服务？”女孩：“全身放松式按摩，其他要求您和按摩小姐私聊。”说完之后她诡秘地一笑。他马上心领神会，不再多问。他以去海鲜市场挑海鲜的心情，选中了坐在沙发中间位置、一个看似清秀可人的女孩子。他们进入房间之后，他就急不可耐地搂住了女孩。女孩倒也不推辞，顺势倒进他的怀里撒娇似地问：“哥哥，您想怎么做？”他问：“都可以吗？”女孩：“当然。”他问：“多少钱？”女孩：“一百块小费，做什么都行。”他问：“老板管吗？好像你们的执照不可以什么都做。”女孩：“刚刚接待你的女孩就是我们老板娘，他们为了拉拢客人才不会管那么多呢。怎么做让我们看客人的需要，达到客人满意为止，小心点不被抓到就好。”

女孩不在乎，他当然再高兴不过了。于是，他开始放肆起来……小女孩很青春，也很开放，一直无所顾忌地迎合着他。虽然年纪不大却很有经验，看来这份工作她应该做了一段时间了。

激情过后，还剩十几分钟，他们便一边按摩一边聊了起来。也许是因为都来自中国，也许是因为年龄相近，他们似乎还聊得比较开心。谈话期间他了解到，这个女孩来自中国的著名城市，家境不太好，一年前父母借钱送她来悉尼读书。因为悉尼的消费很高，父母给予的生活费不够用，于是，她决定找份工作。她交了二百澳币给华人中介公司，于是被介绍到这里（说是被骗到这里也不过分，因为报纸上到处都是招人的广告，根本不需要交钱给中介机构）。开始她以为只是普通的按摩，老板娘教了几下就让她上岗了。后来她才发现没那么简单，这里不只是提供单纯的按摩服务。她按摩的时候，有的客人会提出特殊的要求，还对她动手动脚，她不同意，搞得客人很懊恼。后来她发现找自己的客人越来越少。看着那些小妹一天忙到晚，都赚得很多，自己坐在那里有时候几个小时也没有一个客人。经过大家私底下互相交流，她知道了这个按摩院公开的秘密。第一次违反规矩满足客人所有的要求的时候，她很紧张也很难过。她“超标准”接待的第一个客人是个中国人，对方非常的野蛮和粗鲁，备受凌辱和煎熬之后，她想不做了但又需要钱。自己没什么本事，只有这里赚钱最快，所以她离开之后又回来了。做这些违不违法她不懂，她认为那是老板的事情。现在已经无所谓了，什么客人都遇到过，见怪不怪了。只要给钱，做什么都无所谓。他问：“你父母知道吗？”女孩：“当然不知道。”他问：“这里都是学生妹吗？”女孩：“不都是，也有移民过来的，还有持考察签证、旅游签证的。”他问：“你们这里都是从哪个国家来的。”女孩：“大部分来自中国。也有韩国妹、泰国妹。老板娘也是从中国来留学的，后来为了赚钱而去了妓院，认识了一个洋人客，结婚以后她结束了妓院的工作，开了这个按摩院。”他问：“政府部门管吗？”女孩：“不知道，只听说附近有一个按摩院，有几个从中国来的女人藏在隔墙里面，因为签证不允许打工，又做了很多别的事情，好像被移民局查到了，立刻被遣回中国了。”他问：“你怕吗？”女孩：“怕呀，但我需要钱，反正已经这样了，走到哪里算哪里吧。”这时候，外面在敲门：“够钟了。”于是，他递给女孩150澳元小费，比讲好的100澳元多了50澳元，也许是因为女孩服务的太周到，也许是因为“同是天涯沦落人”，也许他自己也不知道为什么要这样做，因为他自己也是父母举债而来的。他们结束了按摩，也结束了此番谈话。他走出来的时候，发现刚刚进门时的众多美女都已经进到房间里面服务了。沙发上换成了耐心等待服务的男人们。

大家都很坦然，也都心照不宣。他挥手告别女孩：“我还会来的。”便消失在夜色里。

远涉重洋为求学
花花世界太诱惑
金钱至上陷阱多
青春自悔自蹉跎

当人们举债也要送我们的宝贝去国外享受天堂生活的时候，他们是否真的了解过，自己的宝贝是否真的生活在天堂里？

一个周末的下午，他正在电脑上玩游戏，一个同学打来电话说：“我住处附近的一家妓院最近来了几个美女，要不要一起去寻寻乐子。”他一听马上从电脑上下来，告诉对方：“等我，马上到。”二十分钟左右，他们已经来到妓院门前。

如果在学习上他们也是如此的热忱，那会是怎样的局面呢？

这是一家看上去比较普通的妓院，上下两层，装修得红红火火，生意也红红火火。也许因为是周末，他们没有看到等客的小姐，却遇到几位等候小姐服务的客人，都是洋人。这次没有那么幸运，他们也只好列入等待的行列。大约半个小时左右，负责安排服务的男人告诉他们一个上二楼第一个房间，一个进一楼左侧第二个房间。他上了二楼，一进房间便一下子就愣在那里了。等待他的那位美女竟然是他大学的同班同学。他的脸一下子涨得通红，有些不知所措，反而是那位女同学显得比较坦然。他们关上房门，女生准备服侍他脱衣服，他却迟疑地说："随便聊聊天吧，衣服就不脱了。"女生说："如果你感觉不方便，就换个小姐吧。"他说："不用了，你随便按摩按摩算了。"女生没再推迟，赚钱至上！但她认为他交了一个小时的钱，随便按按有失"专业"精神，于是，她脱掉衣服主动迎了上去，仿佛是一种神圣的工作，她做得尽心尽力，他也无可奈何。本来孤男寡女共处一室，该发生的挡也挡不住，更何况面对的是一位主动投怀送抱的美女，而且还是一丝不挂……

平静下来以后，他忍不住好奇地问女生：“你人这么漂亮，身材又好，而且多才多艺，为什么要做这一行？”女生反问他：“做这一行有什么不好？在澳大利亚这是合法的职业，受法律保护的。最主要的是，这一职业赚钱多，我一天可以赚到一千澳元左右，干什么工作能够赚这么多钱？”他问：“你不怕别人说闲话？”女生笑笑：“鱼和熊掌不可兼得，习惯就好了，上次我还接待了一位老师呢，别看他们表面上正人君子，私底下还不是一个样子。你们男人要的是快活，我们要的是钱。”他问：“听说你家里很有钱，你还要赚那么多钱干什么？”女生：“谁还怕钱多？家里给我的钱只够维持读书和基本的生活，我要名车、名表、名钻、名牌包、名牌服装……钱少行吗？”是啊，他点点头，这些消费靠普普通通地打工是无法办到的。他似乎听懂了，又似乎不太懂，当他和他的同学心满意足地迈出妓院的时候，身后传来那位女同学银铃般的笑声，应该是遇到了“豪客”，看她笑得那般“专业”，他似乎无法把她和那个端坐在教室里认真听课的小女生混为一谈，然而，她们的的确确就是一个人。

他有些羡慕起她来，如果他也能像她一样赚那么多钱该多好啊。他知道她并不缺钱，那她到底缺什么呢？他百思不得其解……

一个人来到这个世界上，应该有两大追求，一个是精神方面的，一个是物质方面的，两者相辅相成，缺一不可。最大限度地追求物质享受本无可厚非，但至少要问问自己：我真的快乐吗？

贪欲是无底之洞
人生本不应放纵
也许你无法成龙
至少要活得如松

不知道她们缺少些什么，也不知道自己缺少些什么，在追求精神刺激的路上，他越走越远，起初他还有一丝丝惭愧和不安，久而久之，他已经忘记了父母曾经的嘱托和期望，忘记了机场送别时父母的沧桑和依依不舍，那曾经的奋斗和初心仿佛都随风而逝……

他不确定自己在寻找些什么，也不知道自己这样算不算游戏人生，总之，他已经迷恋上这种刺激，并且开始苦苦探索，花样翻新。一天夜里，他游荡在红灯区，看到一家酒吧热闹非凡，于是，他走了进去。

里面空间不大，进门是一间吧台，两位几乎全裸的鬼妹（一般称呼年轻的西方女孩）端着托盘，以非常专业的姿势在给客人斟酒。他的目光躲躲闪闪地落在鬼妹的胸部，鬼妹落落大方地和他打招呼，招招式式都非常得体，对他游移在自己全身上下的贪婪的目光毫不在意，一看就知道是经过了特别的训练。他要了一杯啤酒，寻声望去，只见里面有一间稍大一点的房间，中间有一个一人多高的舞台，两个非常年轻标致的鬼妹在表演舞蹈，一边跳舞一边一件一件的脱着衣服，当脱下最后一件内衣的时候，场内十几个男人一片沸腾，鬼妹把挑逗发挥到了极致，顺势把内衣扔向人群，掌声和喝彩声此起彼伏……

男人还真是比较特别的物种，被这些女人玩弄于股掌之间，竟然还会如此的亢奋，白天辛辛苦苦赚到的血汗钱，就这样轻而易举地被女人掏空，而且还给得死心塌地，如痴如醉！真的是醉了！

因为舞台较高，台下的男人可以一览无余。在一片欢呼雀跃中，酒吧的啤酒销量火爆。

这就是资本主义社会几近泛滥的“自由”和“金钱至上”的价值观，只要能变成钱，灵魂也可以贩卖。必要的节制和修养，在这个可以随心所欲的国家，是何等的重要。

我们这位小哥哪里抵御得了这等诱惑。看着那些男人在往舞女鞋里大把大把地塞钱，他好不羡慕，可惜囊中羞涩，他也只能过过眼瘾。这种地方真是奇怪，衣服脱得干干净净，鞋却留在脚上，也许是为了收小费方便？真的是幽默满满。

尽管他被那些肆无忌惮的美女撩拨得欲火焚身，却也只能眼巴巴地看着别的男人把她们“请走”。差什么？差钱！从酒吧出来，他在心中暗想，有钱真好，想玩什么就玩什么，想怎么玩，就怎么玩。于是，回到住处，他便拿起了电话……

在这个纷繁复杂的世界上，充满着各种各样的诱惑，不是每一样东西都要尝试，不是每一条路都要探索，有些东西，试过之后就再也回不到当初。聪明人之所以聪明，是因为在关键时刻，懂得如何取舍。

鲜花各样各色
有些毒性惨烈
人生轨迹多多
活着要知取舍

一阵电话铃声惊醒了他刚刚入睡的父母，母亲接过电话，一听是远在澳大利亚留学的儿子打来的，激动得眼睛湿湿的。太难得了，儿子在外留学已经一年了，这是第三次打电话回家，第一次是他刚刚下飞机，第二次是半年前他想家了，想念远在大洋彼岸的父母了。这次，一定是儿子太想念我们了，母亲这样想着。电话里传来了儿子熟悉的声音："妈妈，你和爸爸都好吗？"母亲："好，我们都很好。你好吗儿子？"他回答"还可以，学习有点累。妈妈，我最近考试压力有点大，经常感冒，医生说要补补身体，多增加点营养，你们能寄一点钱给我吗？"母亲一听儿子生病了，紧张地问："发烧吗？学习别太累了，一个人在外面一定要注意身体。"他："好，我知道了。"母亲："你把账号给我，明天我去转钱给你。"他马上把账号发了过去。母亲："你父亲在旁边呢，他要和你说几句。"于是，父亲接过电话，千叮咛万嘱咐，要他注意身体，好好读书，不要辜负了家人和亲朋的希望云云，他似听非听地应付着。其实，他现在最关心的是父母能够寄来多少钱，什么时候才能到账，其他的对如今的他已经不再重要。父亲开心地挂了电话，认为儿子非常乖，非常听话。夫妻俩商量着怎样才能弄到钱马上寄给儿子。母亲："我们不是刚刚赚了三万元，要不，和他二姑说说，晚一点还，先寄给儿子用。"父亲："也只能这样了。我明天打电话给他二姑，孩子身体重要。"说完之后两口子先后躺在床上，在似睡非睡中盘算着怎么再多找点工，多赚点钱……

爱让天下的父母不遗余力
多少孩子能懂父母的心意
一边是起早贪黑挥汗如雨
一边是一掷千金花天酒地

打过电话之后，父母的钱马上转了过来，虽然只有几千澳币，那可是父母二人辛辛苦苦拼了接近一年的血汗钱，如果他能够体谅一下自己的父母，认真思考一下自己今后的人生，也许就不会发生下面这些令人惊叹的故事了。可是，他的灵魂沿着这条没有节制的路越走越远……

钱到账以后，他第一时间去了悉尼最著名的中餐馆大吃了一顿。晚上回到住处，百无聊赖之中，他看到一则广告，上面有一个午夜色情电话，光看广告他已经热血沸腾，按捺不住地拨通了号码。这是一个收费不菲的电话，按分钟计费。接电话的是一个娇滴滴的女生，用最热辣的语言和他侃了起来，他心潮澎湃，意兴阑珊……在他心荡神驰之际，父母的血汗钱就这样一点一点地流失着，而远在天边的父母正在面朝黄土背朝天地劳作着。

一个人的成功，需要几年、十几年，甚至一辈子的努力，可是一个人的堕落却只要一分钟或几秒钟就能够做到。不能片面地把堕落的责任完全推给社会，但是在某种程度上，资本主义社会的不作为，完全把人生的选择权交给个人，这不能不是加速悲剧的一个诱因。在资本主义国家，黄、赌、毒的泛滥，应该是，也一定是过度自由的副作用。

人类虽然渴望着自由
该有的规矩必须坚守
为所欲为粉饰着污垢
浪迹天涯分不清美丑

一连几个晚上的色情电话，让他情绪始终亢奋着，接电话的小姐绘声绘色的描述和尽心竭力地挑逗，让他忘情而沉醉，上课的时候也是心猿意马。一天深夜，他再次游逛到红灯区，这次他花了 25 澳元，直接去看脱衣舞表演。

走过门前站着的两个彪形警卫，从小门上了楼梯之后，上面是一间大约六十平方米的房间，里面已经坐满了人，绝大部分是男人。前面是一个高高的舞台，他刚刚坐好，从侧门飘出一个女人。身材高挑，皮肤略黑，长相一般，好像是亚洲人。她站到台上之后开始翩翩起舞。舞姿很优美，一边跳舞一边脱衣服，做着各种肉麻而极具挑逗性的动作，时而串到下面亲亲客人，时而将一丝不挂的肉体坐到客人的腿上。这里的规矩是，脱衣舞娘可以随意挑逗客人，而客人却不可以有任何非礼，除非脱衣舞娘特别邀请你。所以下面的客人手脚比较“规矩”，但眼睛和声音属于“规矩”之外。

正当表演得火烧火燎、呼声四起的时候，突然，脱衣舞娘邀请下面的客人上台表演“真人秀”。场内嘘声、口哨声、喝彩声……所有的声音将“丑陋”进行到底。一场特级色情大片就这样当众上演着，随着情节的深入，场内的气氛热烈火爆。脱衣舞娘和一位客人当场把色情大片推向高潮之后，原以为表演接近了尾声，谁知道高潮才刚刚开始。

表演完色情大片的脱衣舞娘携同刚刚连袂表演的男客人一同邀请下面的女客上台表演“三人行”，看到这里，他也震惊了，但是内心却激动不已。只见下面一对洋人伴侣（是否真的是伴侣或者夫妻无法考证）中的男人拼命鼓动自己身边的女人上阵，在大家的起哄和老公的鼓动下，一件意想不到的事情发生了，这位看上去优雅知性的年轻女子，当着伴侣的面，在大庭广众之下，脱得一丝不挂和脱衣舞娘及素不相识的男客人表演起现实版的“三人行”，场内气氛进入到白热化程度，乌烟瘴气达到顶峰，一切都不堪入目……

性，应该是很美好的东西，当灵与肉恰到好处地结合的时候，应该是感情和爱的升华。但是，当性成为一种交易，尤其是撕去了隐私和神秘感的薄纱，它的美感将不复存在。

有的路必须止步
有些事绝不糊涂
人生不只是赢输
享乐也不是全部

经过这一夜的“大开眼界”，他开始跃跃欲试。本来课程的压力也不是很大，他便成了烟花柳巷的常客，有时候还会浏览一下色情网站，学习和效仿一下。空虚和无聊让他走近“色”，而“色”的刺激和诱惑又让他欲罢不能。在这块无拘无束的土地上，在这个举目无亲的国度里，他任性地消耗着自己……

又是一个长周末，他信步来到一家妓院，这次他一进门就非常潇洒地和负责接待的美女提出：“我今天需要两位美女同时服务。”他要身临其境地体验一下这是一种什么感觉。接待他的美女非常开心地马上为他安排。他洗漱完毕，躺在奢华的大床上，俨然把自己当成了等待妃子侍寝的皇上。正在他得意地冥思苦想之际，房门被打开，一前一后进来两位美女，一位是亚洲人，一位是黑人。两位美女进来之后便主动褪去外衣，几分钟工夫，三个人便开始赤裸相对。两位美女按照他的要求卖力地表现着，他尽情地享受着这一切的一切，他把自己的人生定格在这一糜烂而颓废的画面……

这种服务收费相当昂贵，估计他娱乐一小时，他的父母在中国要没白天没黑夜地苦干一个月。他已经不去管这些了，堕落的脚步越陷越深……

黄、赌、毒有着一个共同的特点，就是一旦尝试，便很难摆脱。它已经成为对全人类文明和进步的挑战，远离黄赌毒是全世界人民共同的话题，也应该是共同努力的目标和方向。

有些人要尝试远离
有些事要坚持放弃
生命不能多彩绚丽

至少可以活出意义

好好活着，看似简单，实际上是一件非常不容易的事。一个人生活在世界上，要有责任心，有些事情坚决不能尝试，即使不能对别人负责任，但至少要学会对自己负责任。一个有责任心的人，坏也坏不到哪去，一个没有责任心的人，好也好不到哪去。

他最大的问题就是没有责任心，对自己的不负责任和对生命的放纵，让他在噩梦中无法醒来。几个月后，父母寄过来的钱已被他挥霍殆尽。当他再次给父母打电话的时候，父母也无能为力，东挪西借的只凑了一千五百澳币，如数寄了过来。当这笔钱被他用完之后，他开始思考如何赚钱了。看来父母是指望不上了，朋友和同学也借遍了。一天早上，他坐在路边琢磨着怎样弄钱的时候，一辆汽车在他的旁边戛然停下，车上下来一位中年洋人……

人可以犯错，但绝不能一错再错。有些路是单行线，一旦选择，只能越走越远。

听不见灵魂的哭泣
看不到生活的唾弃
青春已沉入到谷底
只留下岁月的叹息

这位洋人看上去四十岁左右，属于保养得比较好的那种，举手投足之间都显露出霸气。中年人走到他面前，略微低下头问："你需要工作吗？"他马上惊喜地说："是的。"中年人："我有一个农场，离这里三小时车程，工资很高，包吃包住，跟我去看看吧。"他想也没想就上了车。都快露宿街头了，还想什么，走吧，有钱赚就好。

车沿着高速公路疾驰而下，一路上经过美丽的乡野，越过悠闲的牧场，大概开了三个小时，终于到达了目的地。

农场很大，四周环绕着繁茂的树丛，有种与世隔绝的味道。农场旁边是一幢三层的别墅，看上去与一般的别墅没什么区别，门前拴着三条大狗。他随着中年人走进楼里。一路上只见到两个年轻的洋人，偌大的楼里显得空空荡荡的。他们走进二楼的一间类似办公室的房间，坐下之后那位中年男人对他说："你是学生吗？"他答："是的，现在学校放假。"中年人问："开学以后上几天课？"他答："两天。"中年人说："你的工作就是帮助我照顾好后面地里种植的东西，偶尔出去送送货。开学以后你正常上课，放学就回这里。每周工作五天，基本工资每周一千澳元，免费食宿。如果送货的话另外有提成。”他非常开心，每周一千澳元，还免费提供食宿，管他做什么呢。中年人问：“你想做吗？”他说：“想做。”中年人说：“那好，一个小时以后我送你回去取东西。这里的工作有一个条件，按照我的吩咐做事，少说废话，少问问题。在这个农场之外，绝不允许提及农场之内的任何事情，否则人身安全出什么意外你自己负责。”他听着有点恐怖，但是为了钱他决定不去管那么多，反正老板让干什么就干什么。他始终不知道那个人是否是老板，他也不敢多问，估计问也不会有什么结果。一个小时以后，那个中年人开车帮他去住处取了东西，他的行李很少，一车就拉完了。他打电话给房东，通知退房，按规矩两周的租房押金和一周多的房租就不要了，反正他也没有提前通知房东。房东接了电话也没有和他啰唆，好像也不是很看好他，因为这段时间他时常被摧交房租。

人生是短暂的，即使有来生，也需要此生的修行，方能求得来世的安好。如果没有来生，更应珍惜今生的分分秒秒，把每一天过好。人生最大的弱点是不知道自己什么可以为，什么不可以为，却自认为自己知道。

人在自己的哭声中到来
又在他人的哭声中离开
泪水绘制出太多的无奈
自己的人生自己要善待

除了上课，他开始在农场上班，活不累，但来来往往的人都有些神神秘秘的。工作人员很少，互相之间也没什么交流，即使见面，也只是礼貌地打声招呼而已。他严格按“老板”的指令办事，有时候陪“老板”出去送送货，送什么也不清楚，只是按要求把货物送到指定地点，拿钱走人。日子就这样一天一天过去，他口袋里的钱逐渐多了。休息的时候或放学的时候，他仍旧会去妓院或酒吧，女人是少不了的，而且时常是几个女人一起鬼混，因为他已经上了瘾，离开这种刺激，他的生活仿佛没了色彩。半年之后，他买了台奔驰，因为货送得比较频，他的提成也多了，虽然他没有问过“老板”经营的是什么，送的是什么货，但是因为工作时间长了，他也渐渐地明白了“老板”经营的一定是毒品。是不是违法他不知道，他也管不了那么多，有钱赚就好，“老板”不说，他索性装傻。

因为钱赚得容易，他的生活更加奢侈糜烂，变着花样寻求刺激。他偶尔会随便花点钱找一个妓女，冒充自己的老婆，然后去换妻俱乐部与别人的老婆鬼混，到底别的男人领来的女人是否真的是自己的老婆也没有人去考证。这种荒诞的生活让他越来越颓废。

一天夜里，他给一个客户送货，回来的路上误闯红灯，与侧面疾驶的汽车迎头撞上……

人生最大的悲哀莫过于自己把自己推向穷途末路。

错误的选择决定了错误的人生
错误的决定断送了美好的前程
年年岁岁人人经历着暴雨狂风
岁岁年年认真地生活才是神圣

不知道过了多久，他的正前方出现一束红色的光柱，他沿着那束光向前徘徊着。他不知道自己在哪里，也不知道自己想去干什么，就这样孤孤单单漫无目的地走着……突然间仿佛踩到了白茫茫的一片，若有若无，若隐若现，四周静得有些发慌，正当他不知所措的时候，有个声音似乎在他耳畔响起，由远而近，从小到大，渐渐地变得清晰可辨。他用力睁开眼睛，发现自己躺在一张床上，四周都是一些陌生的面孔，见他睁开眼睛，那几个焦急地围着他的陌生人突然欢呼雀跃起来……

原来他躺在医院里，那些围着他的都是抢救他的医生。二十多天前，他出了很严重的交通事故，一个路过的司机报了警，当救护车把他送到医院时，他早已不省人事。经过医生的全力抢救，他终于战胜了死神。刚刚那束光也许是死神在与他告别。

在这场车祸中他断了五根肋骨。到今天为止，他已经昏迷了二十二天，如果再不苏醒，警察就决定要通过中国驻悉尼总领馆寻找他的父母了，因为他出车祸以后一直没有联系上他的父母，电话一直打不通，多方寻找，说是去外地打工去了，具体去了哪里，没有确切的消息。

他问医生："有没有人找过我？"医生说："刚出事的时候来过三个人，问问情况以后就走了，再没有来过。学校的老师和同学来过几次，让你醒来的时候打个电话过去。另外，警察说你的车已经报废了，警察局为你保存了一个包裹，那是车上仅有的物品，让你恢复以后去一趟警局。"

他又在病床上躺了一个星期，感觉身体状况稍有好转，于是，他拿起电话打给了学校，报告了自己的情况，学校同意他先休学一段时间，告诉他好好休息，不要担心课程，身体康复之后，会专门安排老师为他辅导。

他想了想，又拿起了电话……

生命无常，世事难料，当经历了生与死的考验之后，一个人是否会珍惜重生的时光呢？

与死神擦肩而过
重生后要怎样做
生活需认真揣摩
道路要自己选择

他打电话给农场的“老板”，想告诉他自己的处境，那个“老板”是他目前唯一可以依靠的人，那个农场是他目前唯一可以吃住的地方。虽然医院伙食很好，医护人员照顾得非常周到，因为他买过保险，所以一切费用全免，但是这里不是常住的地方，过几天康复之后就必须出院了。可是，“老板”的两部手机都停机了。他感觉有些诧异，不过也没有多想，过几天出院就可以回去了，反正自己知道地址。

这天夜里，他躺在病床上，望着射进房间里的月光，他突然有些想家了，开始想念他的父母，他已经很久很久没有联系他们了，他试着拨通了他们的手机。铃声响了几下：“喂！”是妈妈，他马上听出来那是妈妈的声音，他一时间不知道说什么好，泪水从眼角奔涌而出。妈妈没有听到什么反应，又问了一声：“是哪位呀？”他说：“是我，妈妈。”一听是儿子，妈妈有些哽咽地说：“儿子啊，怎么这么久都没有打电话，妈妈也找不到你，很担心你，你还好吗？”他说：“我很好，妈妈。前段时间往家里打电话怎么没有人接？”（他听说他出事的时候，警察曾经通过翻译打电话到他家里，但是没有人接听）妈妈：“我和你爸没有在家，你爸爸的老朋友介绍了一份工作，在很远的餐馆里打工，包吃包住，工资待遇不错，我们已经半年没有回家住了，想多赚点钱。你有事就打手机吧。对了，你爸爸想和你聊两句。”爸爸接过电话：“儿子啊，你还好吧……”还是不换样的老一套，嘱咐儿子要好好读书，注意身体，要取得好成绩，为父母争光云云。通过电话之后，他心情平静了很多。今天终于可以好好睡一觉了，他没有告诉父母出车祸的事，除了担心，父母什么也做不了。医生已经通知他明天可以出院了，他准备好好睡一晚上，明天出院以后他又要回农场了，他不知道明天以后，等待他的将是什么……

每个人都迷恋着这个世界，偶尔也会感叹生活的举步维艰。无论是谁都曾哭过，笑过，疼痛过，迷失过。但是，无论如何，地球的自转继续，日月的交替继续，达官显贵的魅力继续，人类的繁衍继续。

当一个人离开母体以后
就开始挣扎着应付宇宙
没有人会一直扶着你走
自己的人生要自己守候

早晨起来，医生又对他进行了全面复查，认为没什么问题了，于是，他办理了出院手续，拿着自己仅有的两件衣服，叫了一辆出租车，把要去的地址给了对方，司机一路开了下去。

他在心中盘算着，到达农场以后，要如何向“老板”解释。他还没有去警察局，车是自己误撞上去的，也没有什么好处理的，车上有六千澳币，也不多，应该不会有太大问题，多亏是送完货出的事，如果是送货途中出问题，那可能会有些麻烦了。三个小时左右，车子开进了农场，他对司机说：“请您稍等一下，我进去取钱。”他走进农场，一个人也没有，他住宿的那幢楼的大门虚掩着，门前的狗也不知去向，大楼里面空无一人。他住的房间空空的，床上落了薄薄的一层灰，整个农场和整幢建筑都笼罩着神秘的色彩。他再次试着拨打“老板”的电话，仍然是停机状态。

仿佛曾经的一切都从未发生过。

他顺着原路折回的途中，看到一个陌生的中年男子，看相貌无法确定来自哪个国家。他走上前去用英文向他询问是否知道农场的“老板”去了哪里？他答：“什么老板，我不认识。”他问：“你来这多久了？”陌生人答：“我一直住在这里。十几年了。”他诧异地看了看农场的地址，没错呀，就是这里，他在这干了半年多了，绝对没有错，可是这个人又是怎么回事呢？

曾经有人说过，不要相信听到的东西，那么亲眼看到的东西，一定是真的吗？

这是一个谜一般的世界
每走一步都要看得真切
千万不能随随便便上车
不要把人生搞得太惨烈

无论他怎样纠缠，那个陌生人始终气定神闲地告诉他：“这个农场只有我一个人，年轻人你一定是记忆出了问题，赶紧离开吧，我很忙。”他向农场里面窥视了一下，什么都不一样了，这是怎么了呢？难道我出车祸失忆了，他懵懵懵懵地走出了农场。陌生人已经严肃地下了逐客令，他走也得走，不走也得走。出租车司机正焦急地等待着，可是，他该去哪里呢？出租车的钱怎么付呢？他突然想到了警察局。他决定去警察局试试，医生不是说有一个包裹在警察局等着他去取吗。他和出租车司机解释了一下，没办法，司机没收到钱只能按照他的吩咐行事。他们又开了接近四个小时，在下午四点五十分赶到了警察局。他出示了身份证件，并说明了理由。他运气还不错，负责他的案件的警察正好当班。于是为他做了笔录。因为钱不是很多，车上也没有什么异样的东西，他本人也无不良记录，没有喝酒，没有吸食毒品等。最后警察问："带这么多现金干什么用？"他说："准备交学费。"警察："钱是哪来的？"他答："父母寄来的。"警察没再多问。太多公务缠身，警员短缺，每天疲于奔命，于是很快结了案，并将装有六千澳元现金的包裹给了他。拿到包裹他马上离开警察局，请司机送他到附近的酒店。付完钱后出租车迅速离开，也许赶着去交班吧。他一个人住进了酒店，随便叫了一份外卖，吃过之后便睡下了。这一天太辛苦了，拖着尚未痊愈的身体奔波了一天，就这样进入梦乡吧，其他事情睡醒了再说。

第二天早上，他第一时间打电话租了间房子，如果住酒店这仅有的几千澳元不到一个月就得花光，没办法，能省就省点吧。

农场的“老板”就此失踪了，而且他认识的那几个工作人员也再没有见到过，仿佛人间蒸发了一样，后来他又去了几趟农场，始终没有见到“老板”，只有那个陌生人走进走出，“老板”的手机始终处于停机状态。如果不是警察局那里的六千澳元，他也许会怀疑自己是不是做了一场梦。“老板”的离奇失踪，救了他一次，他仿佛第二次重生，否则，他不知道要沿着毒品这条路走多远，还能走多远……

有时候，生活的一场变故会改变一切，变好还是变坏全凭自己把握。

不要说享乐没有什么错
膨胀的欲望就是把枷锁
锁住了阳光辜负了自我
真正的人生应懂得取舍

身体恢复健康以后，他开始上课了，每天在百无聊赖中度日，虽然由于健康原因，他的放纵有所收敛，但是过惯了奢靡生活的他已经无法归于平静。可是，一切都需要用钱铺垫，于是他开始寻找赚快钱的方法。一天，他看到报纸上有一则广告，内容大致是：上门提供放松式按摩和性服务，陪旅游陪聊天，总而言之，只要付钱什么都陪。他打电话给对方询问服务内容和收费标准。对方说：“单纯按摩，一小时 70 澳元，需要性服务，一小时 150 澳元。”他问：“服务一天如何收费？”对方答：“一天二十四小时服务，优惠价 1000 澳元。”他说：“我今天需要一小时的全套服务。”对方：“好的，把地址发过来，一小时左右赶到。”

一小时十五分钟，一位三十岁左右的女人来到他的住处。不漂亮但很性感，洗澡、按摩、性……这一小时的服务周到、细致、体贴，看来这个女人很有经验，令他为所欲为，飘飘欲仙。

结束、付钱、再见，当那个女人关上门离开的一瞬间，他突然心生寂寞，唉，钱只能买来短暂的愉悦，当交易结束之后，他又重新回到孤独。躺在床上，他突然觉得这份工作很好，又赚钱又可以与女人玩乐。天天美酒，夜夜笙歌！一个念头在他心中升起……

“士可杀不可辱”、“不为五斗米折腰”的时代，已经离我们远去，当灵魂被金钱绑架的时候，肉体的沦落只是时间问题。

灵魂倘若迷路
肉体何来温度
人生不能糊涂
深思之后举步

经过再三考虑，他决定试一下。这天下课，他在悉尼一家有名的报纸上打了广告，内容大致是：专门为女人提供上门服务，200 澳元起。后面特别注明，一切服务。打完广告之后，他一边上课一边期待着。他很好奇是什么样的女人需要这种服务？如果能遇到一个富婆就太好了。

广告登出的第二天，他接了三个电话，选了一个离他住处最近的说中文的女人，因为第一次上门为女人服务，多少有点忐忑，也没敢多接活，电话里这个女人的声音嗲嗲的，想想应该不会太难伺候。

这是一间一层的独立屋，房子一般，他敲了敲门，开门的是一位四十岁左右的女人，洋气十足，也很精致。他说明来意以后，女人把他让进房间。看女人淡定的目光，他估计他不是第一个服务于她的人。

凭直觉，这个家里没有男主人，房间很干净也很有情调。女人没有为难他，看上去有一定的修养。一切都在温馨中进行着……“工作”结束以后他们略微聊了几句，女人告诉他，她喜欢年轻漂亮的男人，有激情又浪漫。他问：“那你为什么不找一个固定的男朋友？”女人笑笑：“找过，分分合合、争争吵吵，厌倦了，这样很好，花点钱找点温柔，什么都解决了。”他还年轻，女人的话不是很懂，为了钱可以学着讨女人欢心，但想了解女人，他还需要走过一段漫长的路。女人给了他约好的200澳元，又额外给了他50澳元小费。送他出门时笑着补充一句：“你很捧，希望还能见到你。”他兴奋地离开了，有些回味无穷。

就这样，他凭借着帅气的外表和天生的健硕，赢得了很多女人的欢喜，但这条路也不是那么好走的，有些女人，尤其是条件优越的女人很难伺候；有些女人也许受过男人的伤害，心理不是很健康；有些女人非常跋扈，稍不如意便恼羞成怒、百般刁难……总之，在短短的几个月的时间里，他经历了形形色色的女人，他似乎醒悟了一点：只要和赚钱有关系的事，没一件是容易的。有些时候，没有生意，他也会去红灯区附近逛一逛，希望能来个偶遇，于是就发生了本文开头的一幕。

渐渐地，他开始服务于一些喜欢同性的男人，这些男人有的虽然有些怪诞，但出手却很大方，看在钱的份上，能忍的他忍了，不能忍的他也忍了。有一次，他遇到了一个很有实力、很体面的男人。那个男人比他大15岁，有一个很大的工厂，住着几百万的豪宅，开着法拉利。男人对他很好，很体贴，经过几次电话邀约，有一天，那个男人对他说："做我的伴侣吧，我负担你的一切，并且可以给你申请永久居留，别再招呼别人了。"他思索了一段时间，也累了，身心疲惫，经济上也有了不菲的积蓄，于是他就留在了这个四十多岁的洋人男子身边，做他生活上的伴侣，事业上的帮手。他们的生意似乎越做越大……

他的父母始终没有来，因为他们没有钱，他们要拼命赚钱，为了还儿子到国外留学而欠下的外债，要还多久他们也不知道，但是他们很开心，因为他们的儿子在国外发展。他们逢人便说："我儿子在澳大利亚，很努力很努力呢。"他们的亲朋好友也非常羡慕这对夫妇："你们生了一个好儿子，太优秀了，你们老两口就等着将来享福吧。"他的父母就这样开心地拼着命地劳作着，那略驼的背影装着太多的不为人知的故事，希望他们有生之年，都不要知道发生在他儿子身上的故事，因为他是他们生存和快乐下去的唯一的希望和理由。

经济上富裕了，但灵魂呢？他的父母用一生的努力，寄希望于有朝一日他能"衣锦还乡"，现在"衣锦"有了，能否还乡却成了未知数……

我们始终渴望天堂
却不小心把地狱误闯
何处是生之希望
哪里有初始的梦想
即使不能迎风绽放
至少留下短暂的风光
走过岁月的沧桑
是否还敢回头凝望

第四部

毒　品

——万劫不复

在这个充满着诱惑和考验的世界上，真正的幸福不是一生显赫，而是平平安安。生命的意义不仅在于“流光溢彩”，也应该享受平淡无奇。

枪声响起

他，就这样悄然而逝，二十岁的青春年华，走得匆忙而不甘。他有太多的人要爱，太多的债要还，太多的梦要做，太多的景要看……

然而，一切都还没有开始，生命刚刚吐出新绿，青春却已戛然而止。他还只是一个帅气、阳刚、腼腆、活泼的大男孩，一个笑着、唱着、闹着、跳着的妈妈的宝贝，却在某一个阳光灿烂的午后，生命结束在枪口之下。

或许因为他掌握了太多的关于这些人进行毒品交易的秘密，或许在巨大的利益面前，那些人不想让一个“小毛孩”分得一杯羹，于是他的美丽尚未绽放便就此终结。才情断送在追逐“辉煌”的路上。而枪杀他的那个毒犯，曾经是澳大利亚警界的缉毒先锋。

悲剧不仅仅是血腥，更充满了讽刺的味道。

白驹过隙流时光，

草木年年绿又黄，
佳节只是人间事，
不必祈盼嫦娥响。

时光来去太匆忙，
岁岁年年人慌张，
何日天下草木芳，
几时月圆花亦香。

消息传来，令所有人震惊。一个才智过人，礼貌健谈的男孩，一个充满活力，热情洋溢的大学生，应警界曾经的大佬的邀请，兴致勃勃地去赴约，却莫名其妙地倒在了血泊之中……

他生活在一个比较富裕的家庭，是家中的独生子。所有熟悉他的人都知道他家不缺钱。他很聪明，也很努力，所以他的学习成绩一直名列前茅。随着留学生大量地涌入澳大利亚，那些富二代、官二代挥金如土的生活让他刮目相看。他开始羡慕这些有钱人。上千万的豪宅住着，上百万的豪车开着，赌场上十几万、几十万地下注，卖场里几百万、上千万的消费，闪得他眼花缭乱。虽然他的家境不错，但是和这些人的消费水准比起来却差之千里。渐渐地他有点变了，用在读书方面的心思越来越少。他深切地感受到读再多的书也无法赚到他想要的钱。他开始寻找在最短的时间内赚最多的钱的途径。

一个偶然聚餐的机会，他认识了一个警界曾经的重量级人物。这个人曾经因为缉毒有功而声名鹊起，因为履次打入毒贩窝点，让他真实地看到了毒品的高额利润。一次在抓捕毒贩的过程中，他没有抵住诱惑，终于和毒败同流合污，从此走上了贩毒的道路。凭借着多年缉毒的经验和备受尊重的地位，他运用反侦察的手段，在毒品这块领域收获颇丰。

听着他胡吹海侃之后，他感到眼前一亮，这不正是自己想要的生活吗？这个神秘的人物正在物色人选，以扩大自己的队伍，实现自己更大的目标。年轻人兴奋而贪婪的目光正是他所要的，于是二人一拍即合。罪恶的交易就在阳光下展开，这个优秀的男孩就这样因为对金钱的崇拜而卷进了毒品的漩涡。

一次又一次的交流，一次又一次的交易，男孩在毒品的世界里越走越远……

终于等来了一笔大的交易，男孩得手之后要把毒品交给神秘人物。男孩认为这对于他而言是一次难得的机会，干完这一次他就可以腰缠万贯，然后金盆洗手携女朋友远走天涯过上富豪的生活了。于是，他在与神秘人物谈判时要价颇狠，对方迫于要货的压力，加之男孩掌握了太多的秘密，于是他们设下圈套，诱惑男孩来到交易地点，将男孩枪杀。

一个年轻的生命就这样夭折了，一个幸福的家庭就这样解体了。男孩的母亲将一生的幸福都寄托在了儿子的身上，随着男孩的离世，他母亲的人生也变得支离破碎……

这些人本来不缺钱，可是为了得到更多的钱，曾经的警界要员，德高望重的缉毒英雄，曾经的天之骄子，人见人爱的帅哥，全部拜倒在了毒品的脚下，最终一个命丧黄泉，一个锒铛入狱。

这是一个光怪陆离的世界，时而阳光明媚，时而乱象横生。好好地活着，平安地度过一生，也许不是一件很容易的事。

少年得志却轻狂
虎穴狼巢欠思量
福兮祸倚自担当

英雄气短话凄凉
前尘旧事多迷茫
不能道别空惆怅
黄泉路上暗神伤
去留无意惹荒唐

阳光下的罪恶

在澳大利亚这块自由的土地上，吸毒是合法的。为了保护那些“瘾君子”的“健康”和安全，澳大利亚还专门设立了供他们安全吸毒的场所。距离澳大利亚悉尼市中心不远处的英皇十字街（kings cross），是澳大利亚著名的红灯区，以脱衣舞酒吧和毒品远近闻名。灯红酒绿交织着醉生梦死，演绎着一幕幕阳光背后的故事，充满了血腥、暴力、恐怖与罪恶，很多人却欲罢不能。各种色情场馆、真人秀酒吧、成人用品屋，色情光盘店交相辉映。“打扮入时”的性工作者游来荡去，幽灵般的吸毒客飘进飘出，“黑色”文化跃跃欲试，让五光十色的夜晚充满了变数。

澳大利亚合法的“吸毒馆”就坐落在这条“繁华”的街上。它的全称是悉尼医疗监控注射中心（Sydney Medically supervised Injection），成立十几年来，虽饱受国际舆论的抨击，却依旧“坚守”在血雨腥风中。这也许是澳大利亚人博爱的一部分吧。

“吸毒馆”整洁有序，温馨而充满了人情味，工作人员更是天使般和善。整个中心的运作为单向路线，人们必须从正门进，从后门出，不允许除工作人员以外的人走回头路。里面设有等待和评估区，18 岁以下的未成年人、孕妇、首次吸毒者和醉酒之人拒绝服务，儿童不准跟随吸毒者进入注射室，所有的毒品由吸毒者自带，中心不提供任何毒品，也不过问毒品的来源，工作人员会为吸毒者提供免费的场所和全套免费的注射器具，并指导他们进行更安全的方式注射。在第一时间为他们提供帮助和一定程度的紧急治疗。并推荐免费心理辅导、住房、社会福利等。对于该中心的存在褒贬不一，但是中心的工作人员却充满爱心地认为：“我们不应鼓励吸毒，但我们也不能对饱受毒瘾之痛的人袖手旁观。不可否定的有些人已经因为各种原因对毒品上瘾，吸毒已成为他们日常生活的常态。我们在劝说他们接受戒毒咨询和治疗之前，也应该给他们提供一个更安全的地方，以减少他们在吸食毒品过程中所产生的实质性伤害，帮助他们避免因为吸食毒品过量而失去生命。”

这是个应该对毒品坚决说不的时代，然而毒品却依然泛滥成灾。

在这条古老而喧嚣的街道上，即便无须夜幕遮掩，仍然可见三三两两的人在“享受”毒品，无所顾忌。由于毒品对身体的毒性作用极大，让人产生依赖和严重的戒断反应，精神障碍和变态等，迫使人们无止境地追求使用，一旦吸食成瘾，将无法自拔。而毒品背后的暴利让很多人铤而走险，形成了制毒、贩毒、吸毒相辅相成、相互依托的关系，让毒品犯罪屡禁不止。无数个家庭、无数个俊男靓女坠入毒品的万丈深渊……

每个人都渴望自由自在地生活，可是当世界没有了必要的约束和规范的时候，人类将陷入我行我素的混乱局面，人类的自律性是有限的。

滚滚红尘思客栈，浩浩夜空月无眠。少年把酒为哪端？心走远，思无边。茫茫人海续长篇。月映树影影缠绵，星扰凡尘尘无染。才子佳人空余憾，情在剑，梦上弦，玉树临风风无限。

前仆后继

为了追求毒品背后的利润，有一些留学生自愿或不自愿地携带毒品，一次走私成功，便沿着这条路一直走下去，直到被捕入狱。

有两个来自马来西亚的男生，用身体携带毒品闯关，被警方抓到之后，他们竟不以为然地说：“反正澳大利亚没有死刑，监狱里的条件也不错，出来之后还可以重来。”

一日，一个泰国的留学生在澳大利亚入关时被捕，因为她的行礼中藏有毒品。女生说是朋友委托她带来澳大利亚的，她并不知情。可是，她提供不出充分的证据证明此毒品与她无关。法律只讲证据，人赃俱获，女生无法逃脱牢狱之灾。

打击毒品犯罪从来没有停止过、懈怠过，而毒品犯罪也从来没有结束过、减少过，各种形式的毒品犯罪层出不穷，花样翻新，毒品的种类也在不断地变化。金钱永远魅惑着人类遁入万丈深渊，前仆后继！

供求关系决定事物的走向，对吸毒者没有强制的制裁措施，加上瘾君子对毒品的强烈需求，这在某种程度上成就了毒品的猖獗。

风沙漫漫，前路多险，平平淡淡最心安。长空万里云变幻，瑟瑟秋风起事端。千般璀璨，万般耀眼，又奈何似水流年。大浪淘尽世间怨，几许闲情遁如烟。

悉尼这座美得令人垂涎的城市，在她光艳丰满的背后，也有一些不尽如人意的地方。人，应该面向阳光微笑，而不是背对阳光流泪！迎着太阳，哪怕是雨季。因为那是人类生活的勇气和信心！

天高云淡搏艳阳
春风秋雨惹惆怅
花开花落也神伤
人生在世几芬芳

任何的美好都必须付出牺牲和代价，于人、于事、于民族、于国家无一例外。而美好的维护需要有与之相匹配的措施，这些措施的实施需要以牺牲部分自由为代价。

澳大利亚绝对是一个美好得无与伦比的国家，无论从哪个角度来看，她都充满了无穷无尽的魅力。然而，阳光的背后，仍然有黑影在婆娑起舞。有人的地方一定有万象，有利益的魅惑，就少不了规则。生生世世，代代年年，人类想在这个地球上生活得好些，长久些，就要寻求一个最适合人类生存并相互依存的空间和规则。世界不会因为少数人的善良而美好，而是需要全人类对规矩的恪守。

在这个纷繁复杂的世界上，充满着各种各样的诱惑，不是每一样东西都需要尝试，不是每一条路都需要探索，有些东西，试过之后就再也回不到当初。

聪明人之所以聪明，是因为在关键时刻，他懂得如何去取舍。谨此!

前进，这是全人类最好的选择。

落叶缤纷霞满天际
湖光山色扑朔迷离
细雨纷飞淋湿了记忆
往事悠悠滋润着心底

拾起匆忙中的步履
涉遍了古老的崎岖
漫漫长夜是谁在痴迷
错把磨炼演绎成烟雨

痛

最近，中国雾霾肆虐，引起强烈心理恐慌和精神地震。关于雾霾的讨论甚嚣尘上，身居海外的我终于按捺不住，不由自主地想说几句。

雾霾的成因比较复杂，雾霾是特定气候条件与人类活动相互作用的结果。雾、霾形成的根本原因是因为地面污染物碰上大气静稳条件。高密度人口的经济及社会活动必然会排放大量细颗粒物（PM2.5），一旦排放超过大气循环能力和承载度，细颗粒物浓度将持续积聚，此时如果受静稳天气等影响，极易出现大范围的雾霾。

中国是一个重工业大国，据统计，迄今为止，年产量在一千万吨以上的钢铁企业达三十家，远远领先于世界其他国家。作为一个十几亿人口的大国，人口密度是可想而知的，导致今天雾霾肆虐的悲剧性局面的原因很多，碳基燃料的燃烧、城市建筑扬尘、汽车尾气、餐饮油烟排放等等。其中，过度发展的重工业，环保意识薄弱应该是根

写给本书最后的故事

本性问题。有文章显示，中国部分企业大量燃烧可致重度污染的进口高硫石油焦，这是被很多发达国家废弃的垃圾，储存都会被视为影响健康，而中国的某些企业却为了降低成本买来使用。更有个别企业无照经营，违规生产，私自排放污染物。你白天管，我晚上生产，你查封了，我偷偷开工，你三令五申不许排放污染物，我私底下照样排放，你有政策，我有对策。这样的例子不胜枚举。

这让我想起了澳大利亚人对环保的重视。澳大利亚人的环保概念妇孺皆知，无需要求，几乎每个人都能自觉遵守。大家如同爱护眼睛一样，守护着自己的生存环境，治理着自己的生存空间。在餐厅，时常会遇到这样的客人，他们就餐后用自己随身携带的打包盒将吃剩的食物打包带走，目的是为了少使用一个塑料盒，这种打包盒很多餐厅都是免费的。如果没有自带打包盒，他们尽可能减少使用，可以用一个的，坚决不用两个。对于塑料袋的使用也是如此。有一次，一位衣衫褴褛的客人，他买了一些东西，步履蹒跚地来到吧台付款，付过钱之后收银员准备给他装到袋里时，他却非常客气地拒绝了，从那破旧的衣服口袋里掏出了一个破旧的塑料袋，把东西装进袋子中。他略显苍老的背影，让人不由得肃然起敬。这么一个普通得几乎让你不屑的人，是什么原因让他如此地执着于环保？这些简单而又美好的故事每天都在发生，每个人都用自己的律己行为提醒周围的人，什么是该做的，什么是不该做的。

一次偶然的机会，朋友们聊起这个话题，一位先生平静地说："这是我们不费吹灰之力就可以做到的，为什么不做，给人方便就是给己方便，这是我们自己的生活空间，是我们自己每天都要面对的，我们自己努力去保护不是理所当然的吗？有什么问题吗？"是啊，这是大家共同生活的空间，应该大家共同来维护。在澳大利亚，普通老百姓不仅能够做到独善其身，有什么破坏自然环境的行为，不用政府出面，每个普通老百姓都会挺身而出，政府不作为都不行。我曾经遇到过这样一件事，一次，一桌来自中国北方的客人，酒足饭饱之后，一时兴起，点了一根烟，在澳大利亚的公共场所这是绝对不允许的，我刚要上前制止，却见一个洋人客起身走了过去，用英文指着禁烟标志请对方停止吸烟。类似的故事很多。

我时常想，为什么我们中国人平时对类似的现象能够置若罔闻，熟视无睹。一旦出问题，矛头马上指向政府，大家同仇敌忾，骂声一片。我不识时务地提醒一句：国家的监管不力、有些项目的盲目上马、有些垃圾的超底线使用等诸多因素导致了今天的大气污染局面，那么，我们的广大人民做了些什么呢？我们应该做些什么呢？一些重度污染的企业开在了我们的家门口，我们真的思考过吗？健康和生活是怎样的关系呢？没有了健康的残缺的生活真的是我们想要的吗？现在的我不是中国的政府官员，没有为中国政府进行辩护，我只是在痛定思痛。一个国家、一个民族，不可以也不可能完全靠一个上层建筑来保障所有的问题不出现纰漏。说到底，生存问题，环境问题，是我们老百姓自己的问题。如果我们每个人、每个企业都为一己私利而牺牲大局，那么任何一个政府都将举步维艰！

所以我想说，澳大利亚洁净而美丽的生存环境是绝对有理由的，不仅仅局限于人少。温饱问题需要解决，但以牺牲环境、健康和资源为代价，个中损失是无法估量的。对于现实困扰着我们的雾霾问题，我们的国家正在反思并拿出了相应的举措。冰冻三尺非一日之寒，环境的破坏不是一天两天造成的，解决问题也不可能立竿见影。我们的人民是否也应该好好地反思一下呢？真的和我们每个人的日常行为没有丝毫关系吗？！

爱，是一种发自内心的情感，无论是对人还是对国家，当你发自内心地爱的时候，你就会自觉或不自觉地想他所想，急他所急。澳大利亚人这种融入到血液中的环保意识，是对这个国家深深的爱，因为爱，所以在任何情况下，都想为他做点什么，哪怕只是微不足道的小事，而不是站在那里空洞地振臂高呼。我在澳大利亚生活了近二十年，我见过澳大利亚人合理合法地维护自己的权益，见过他们合理合法地游行，但是我从来没有见过他们如此铺天盖地的骂自己选出的政府，骂自己生活着的国家。

离开了自己的国家，我们是什么？！

雾霾的问题及治理，绝对不是一个非对即错、非此即彼的问题。我赞成下面这句话“治理雾霾、防患未然要比为公众健康受损买单便宜得多。为环保付出金钱，获得的是更好的公众健康。人们不再需要巨额的医疗资源，人们的工作能力也更强。这些对于经济增长好处更加长远。”

生命

生命
怎样才叫清醒
耗尽一世的聪明
可否读懂稍纵即逝的流星

黎明
风沉浸在梦境
细雨拍打着窗棂

淋湿了远方朦胧中的风景

人性

奈何迷恋输赢

欲望是无底的井

卸下贪婪是最成功的修行

一份自信加上一生的激情

昨夜，朋友发来微信，告诉我他可能没有那份能力为我“操刀”。我笑着回答：你一定行。成功源自一份自信加上一生的激情。这是个可以用灵魂与我对话的朋友，所以我相信他可以。

一个人的成功，并不完全取决于智商的高低，能力的大小。真正决定一个人成败的关键是一份自信加上贯穿一生的激情。一个充满自信的人，他才敢于挑战自我，挑战极限，挑战未来。一个充满激情的人，他才能不畏艰险，一个台阶一个台阶的攀登，最大限度地挖掘自己的潜力，达到自己人生的顶峰。

我自认为我的人生算成功的，虽然不能和那些富商大贾比，但就我个人而言，我已经很知足、很感恩了。

我自幼生活在中国的一个普通城市的贫困的家庭，我唯一的嗜好就是读书，书本给了我无限的激情和一个开阔的世界。为了改变现状，我努力学习着，下定决心考取大学。没有人相信我这样家境中长大的孩子能够考取功名。我偏偏有这份自信和激情，而这份自信和激情又激励着我不懈地努力着。我成功了，如愿以偿地考上了大学。我被录取到法律系，当时的法律系应该是我所读的大学录取分数线最高的。大学毕业以后，我想去法院工作，但是当时法院没有编制，于是我贸然求见当时主抓政法的市委书记，在我的真诚、自信和激情的感召之下，市委破格让我带编进了法院，这在当时的中国是绝无仅有的。在法院工作期间，每次参加巡回演讲，面对台下数万名观众，我都可以徐徐道来，不需要任何讲稿，也几乎不需要提前准备，只要告诉我当天演讲的主题和主要参加的观众就好。除了掌握大量的知识和翔实的资料以外，自信和激情是成功的关键。在参加全省法院系统的乒乓球比赛时，因为充分的自信和激情，我以超常的发挥战胜了曾经是专业队的选手，获得了女子单打冠军。

有一天，我决定去外面的世界看看，于是我辞去了法官的职务，面对身后排队等候这一名额的人群以及所有爱我的人的诧异的目光。我有自信和激情做到更好。为了《四库全书珍本初集》的印制和出版，我用一年的时间，将一个亏损严重的残疾人企业扭亏为盈。任务完成后，我去了北京，和那些“巨人”并肩奋斗，那些成功的男人没有人认为我只是一个柔肠百转的小女人。十几年前，我领着年幼的女儿迈上澳大利亚这块异国的土壤，开始了在异国的打拼。本可以充分地享受澳大利亚良好的福利，悠哉地沐浴着美丽的阳光和海滩，我却放弃了所有的福利，开起了公司，先后经营了三家餐馆。没有人理解，一个女人，一个对餐馆完全外行的女人，一个看上去肩不能担担，手不能提篮的女人，一个学日语出身的女人，在英语的国度，在男人都却步的险境里，如何前行？然而我做到了，一切都风生水起。因为自信，因为激情。这份自信和激情，给了我勇往直前的勇气和力量。有一段时间，因为政府封路施工，餐馆的生意一泻千里，一年十几万赔了进去，朋友们不理解我的微笑和坦然。我说，没关系，会好起来的，我需要一点时间。

不久前，我认为是时候离开餐饮业了，因为我有了更高的人生目标，我已经准备好了。于是，在短短的几个月的时间里，我将三家餐馆成功卖出。朋友们很难想象，一个人怎么可以如此的随心所欲，想买就买，顺风顺水，想卖就卖，在如此疲软的市场环境下，在很多大财团纷纷倒闭的节奏下，一个人怎么可以在那么短的时间里，将三家餐馆顺利出售，而且价格适宜。仍然是因为自信和激情，真诚和淡定。没有讨价还价，没有虚张声势，一切公开透明，顺其自然。拿起的时候充满自信和激情，放下时也同样充满自信和激情。

感恩，今天的我和我的家人，都生活在这个全世界公认的最适合人类居住的城市悉尼，享受着世间最美好的一切。感恩，我仍然披肝沥胆，充满自信和激情地努力着……

不要慨叹生命如此的短暂和脆弱
让我们充满自信和激情地活着
给自己一个理由去拼搏
让灵魂不断地超越

我们的人生需要面对的事情太多
别让自己活在不知所措的漩涡
努力的生命将光芒四射
成功永远眷顾强者

图书在版编目（CIP）数据

心路：向着阳光出发/（澳）郭志宏著. —北京：民族出版社，2018.1

ISBN 978-7-105-15289-6

Ⅰ.①心… Ⅱ.①郭… Ⅲ.①纪实文学—澳大利亚—现代 Ⅳ.①I611.55

中国版本图书馆CIP数据核字（2018）第041903号

北京市版权局著作权合同登记章 图字：01-2017-7682号

责任编辑：金银姬 李兰兰
责任校对：许英姬
封面设计：李　峰
出版发行：民族出版社
地　　址：北京市和平里北街14号 邮编：100013
网　　址：http://www.mzpub.com
印　　刷：北京市迪鑫印刷厂
经　　销：各地新华书店
版　　次：2018年1月第1版 2018年1月北京第1次印刷
开　　本：880毫米×1230毫米 1/32 字数：214千字
印　　张：12.25
定　　价：30.00元
ISBN 978-7-105-15289-6/I · 2914（汉2815）

朝文室电话：010-58130534；发行部电话：010-64211734